鬼日和

おにびより

作・畑中弘子　画・星野杏子

てらいんく

鬼日和《おにびより》

もくじ

第一章　赤い蛍《ほたる》

一

安奈《あんな》の家は高台に建《た》っている。

二階《かい》の安奈の部屋《へや》からだと街並《まちな》みがよく見えた。ついこの間まで、美《うつく》しかった街路樹《がいろじゅ》や家々の庭木の葉《は》がすっかり地面《じめん》に落《お》ちている。

遠くに富士山《ふじさん》のような形の小さな山が見えた。大角山《おおつのやま》だ。その大角山はいつも灰色《はいいろ》をしている気がする。その下を高速道路《こうそくどうろ》が通っていて、車の走っているのがかすかに見える。

自分の部屋から見る景色《けしき》は結構《けっこう》気に入っていたが、気に入らないところはどこへ行くにも坂道《さかみち》を通ること。学校へも行きはよいが、帰りはだらだらと登《のぼ》り坂《ざか》が続《つづ》く。神戸《こうべ》という土地柄《とちがら》で仕方《しかた》がないのかもしれない。

朝、ショートカットの髪《かみ》をなびかせながら、安奈は学校へ向《む》かう。十二月に入ったというのに吹《ふ》く風は暖《あたた》かい。

安奈は髪をひとなですると、隣《となり》を歩く子に言った。

「な、行ったら一輪車《いちりんしゃ》やる?」

「やる、やる」

ふたりは同じクラスの小学五年生。いつも一緒《いっしょ》に坂道をおりて学校に行く。

広い歩道の横《よこ》に二車線の幹線道路《かんせんどうろ》が走っていた。

途中《とちゅう》からまた同じクラスの子が仲間入《なかまい》り。

三人はにぎやかにしゃべりながら、学校に向かっていった。

安奈は学校が大好きだ。もちあがりになった担任《たんにん》の先生ともクラスのみんなとも楽しくやっている。特《とく》に十二月に入ったこの頃《ごろ》は異様《いよう》なまでに勉強《べんきょう》にも運動《うんどう》にもがんばりを見せていた。

きっとあの音楽会のせいだと思う。

安奈の学校では、古くからの伝統《でんとう》で、十一月のはじめに音楽会がある。楽器《がっき》の演奏《えんそう》などとともに、各学年対抗《かくがくねんたいこう》の合唱《がっしょう》コンクールが行われる。

その音楽会で安奈《あんな》たち五年生が六年生をおさえて優勝《ゆうしょう》したのだ。

安奈は歌を聴《き》いたり歌うのは好《す》きだが上手というわけではない。けれどクラスの中にはびっくりするほど歌のうまい子が数人いた。安奈は同じように教室の日当たりのいい窓《まど》ぎわに集《あつ》まって、上手な子と一緒《いっしょ》になんとなく歌っていた。

「あんた、こう歌える？」

と言って、上手な子が口伝《くちづた》えに教えてくれる。

安奈がうまく歌えると、大きな声で喜《よろこ》んで、

「そのパートで歌って」と言う。

はじめは少人数で歌っていたのだが、楽しそうな歌声は教室中に響《ひび》く。少しずつ増《ふ》えてきて、男の子も仲間《なかま》に入りだした。休み時間は外へ出る子が少なくなっていく。歌う子たちの塊《かたまり》が少しずつ大きくなっていった。

学年対抗《たいこう》音楽会の曲《きょく》がきまってからは毎日、その歌も自然《しぜん》に歌われた。

ところが担任《たんにん》の先生は音楽がいちばん苦手《にがて》だという男先生だ。

いつも「ほお……、おまえら、うまいなあ」と言うのが口《くち》ぐせだ。「好きこそものの上手なれだなあ」と感心《かんしん》する。「もう、優勝や！」と、音楽の授業《じゅぎょう》が終《お》

わって教室に戻《もど》ってくるたびに言う。

安奈は先生はきっと音楽室のどこかに隠《かく》れて聞いているのだと思った。担任の先生だけでなく、安奈もクラスの皆《みな》もそんな気がしていた。

そしてめでたく優勝したのである。

音楽会がすぎると、すぐに小さなテストがいっぱい出されるようになった。漢字《かんじ》テストとか算数の計算テストとかである。

安奈は張《は》り切《き》っていた。

——今度《こんど》も気をひきしめてやろう。やれる、やれる！　自信《じしん》をもってやろう。

「音楽会」の合唱《がっしょう》の時と同じだと思うことにした。

——さあ、やってやるぞ！

学校は安奈にとって「やってやるぞー」の場所《ばしょ》になっていった。

みんなと出会うのも一緒に動《うご》くのも、担任の先生の嬉《うれ》しそうな顔、時には困《こま》った顔を見るのも、なぜかわくわくした。

威勢《いせい》のいい安奈は時々男の子とまちがわれる。短《みじか》く少しカールのかかった髪《かみ》の毛《け》といつも着《き》る服装《ふくそう》のせいかもしれない。秋深《ふか》くなるまで半ズボン姿《すがた》で、安奈のタンスにはほとんどスカートははいっていない。

十二月になるとさすがに半ズボンでは寒《さむ》く、長ズボンをはく日が多くなった。

来週いっぱいで冬休みに入る、寒い日曜日の朝だった。

目をさました安奈《あんな》には気になることがあった。

明日《あす》、漢字《かんじ》のテストがあるのだ。

万全《ばんぜん》の準備《じゅんび》をしていくこと。それがいちばん大事《だいじ》なのだ。学校へ行くと涼《すず》しい顔をして絶対《ぜったい》にあたふたしない。すると思った以上《いじょう》にテストがうまくいく気がしていた。

朝、日曜日にしては早く起《お》きて、階下《かいか》におりる。朝ごはんを早くすませて、漢字ドリルをしあげたいと思った。

昨日《きのう》はテレビの見過《みす》ぎで、予定《よてい》どおりにはできなかったのだ。

こうばしいパンのにおいがする。階段《かいだん》の途中《とちゅう》からはわっとコーヒーのいいにおいもあたりをおおいはじめた。

お父さんが起きてきていた。

まだ寝間着《ねまき》に厚《あつ》めの上着《うわぎ》を羽織《はお》っている。台所《だいどころ》テーブルに両肘《りょうひじ》をつけている横《よこ》顔《がお》が見えた。

——あれ、ひげをそってる！

安奈は口には出さないがほっとした。

お父さんはパンを口にほおばりながら、お母さんと話していた。

「今日《きょう》はハッピーモールに行くからな」

向《む》かいに座《すわ》っているお母さん、いきなり拍手《はくしゅ》して歓声《かんせい》を上げた。

安奈はお母さんの子どもっぽさが少し気になるがきらいではない。お母さんはさらに弾《はず》んだ声を出して言った。

「わあ、嬉《うれ》しい！　ちょっと買いたいもんがあるから、助《たす》かるわああ。それに武《たけ》史《し》の入学準備もあるし」

その武史が眠《ねむ》そうな顔をして二階からおりてきた。階段下の安奈の腰《こし》にいきなりぼんと身体《からだ》をぶつけ、お父さんのほうに走っていく。

安奈は大声を出した。

「う、もう！　タケー、なにすんの！　うっとうしい！」

騒々《そうぞう》しいふたりに、こちらを向《む》いたお母さん。頬《ほお》をふくらまし、丸い顔をさらに丸くしている。

武史《たけし》の走っていった先はお父さんの横《よこ》の椅子《いす》だ。

お父さんに甘《あま》えた声で言う。

「なあ、今日《きょう》、ハッピーモールへいけるう？」

お母さんが、

「今、お母さんと話してたとこや」

「そうやね。武史の机《つくえ》も買いたいからねえ」

と言う。それからぱっと立ち上がると、

「お父さん、コーヒー入れるね」

と言い、流《なが》し台《だい》のほうに歩いていった。

おねえちゃんがいないと思っていたら、トイレから出てきて、安奈《あんな》の横の椅子に座った。それぞれがテーブルに並《なら》んだパンをとり、牛乳《ぎゅうにゅう》を入れ、口に運《はこ》んでいる。流し台のほうから、こうばしいにおいがしてきた。お父さんとお母さんのコーヒーのでき上がりだ。

いつもと変《か》わりのない日曜の朝である。

おねえちゃんが、ハッピーモールで買ってほしいものがあるからと、食べながらメモをとりはじめた。

武史《たけし》も同じようにはしゃいでいる。

「ぼくの机《つくえ》、つくえ。ツークーエ！」

いつものように、お父さんの車で行くことになった。


安奈《あんな》は一緒《いっしょ》に行くのはきっとまたいつものように昼前になると思った。お父さんがまだ寝間着姿《ねまきすがた》だし、武史はきっとゲームを始《はじ》めるに違《ちが》いない。

朝食が済《す》むと、安奈は自分の部屋《へや》に戻《もど》った。

仕上《しあ》げてしまってから行きたいからだ。

あと少し、漢字《かんじ》を覚《おぼ》えたらいいのだ。

――またお父さんが褒《ほ》めてくれるだろう。お母さんはさすが優等生《ゆうとうせい》といってくれるかも……。

安奈の心にいつからこのような思い、家族《かぞく》へ向《む》けた負《ま》けん気魂《きだましい》が生まれたのかわからない。ただおねえちゃんや弟《おとうと》との違《ちが》いを感《かん》じはじめた頃《ころ》から意識《いしき》しはじめた気がする。

「おねえちゃんはファッションセンスがあってそのうえにかわいい、たけくんは言いたいことは何でも言えてかわいい。わたしはかわいくない……」

めったにかわいいなどと言われない。ただこの頃わかったことがあった。

「テストの成績《せいせき》がふたりよりもいい！」

またよくできた成績を見せて、お父さんに言ってもらおう！

「安奈はいつもいい成績だな」

今朝《けさ》も自分に「よし！」と言うと、勉強《べんきょう》にとりかかったのだ。

半時間もすると、覚《おぼ》えないといけない漢字がしっかり頭に入った。

安奈はあごを引いて、うなずく。

「ばっちりや！　これでよし！」

安奈は机の上にノートや漢字ドリル帳《ちょう》をきちんと並《なら》べて置《お》き、筆箱《ふでばこ》も並べた。

月曜日は体操服《たいそうふく》と給食《きゅうしょく》エプロンも用意しないといけない。

頭の中にはしっかりと漢字が入っているのだ。

準備完了《じゅんびかんりょう》だ。

これで思いっきり、ハッピーモールで遊《あそ》べる。

——ああ、今日《きょう》は誰《だれ》とも遊ぶ約束《やくそく》をしてなくてよかった！

安奈《あんな》はルンルン気分で階段《かいだん》をおりた。

トントントンとリズミカルにおりていき、最後《さいご》でポンと両足《りょうあし》でリビングの床《ゆか》へ飛《と》びおりた。と、その時、安奈はおやっと思う。

「あれ？　誰もおれへんの？」

階段をおりるとたいていい誰かがいる。

テレビがついていて、誰かと誰かがしゃべっていて、誰かが笑《わら》っていて、それに言い合いをしている。

リビングはにぎやかな舞台《ぶたい》のようにいつも何かが動《うご》き、音がしていた。

だが音がない。

人もいない。

「なんで？」

安奈はリビングの続《つづ》きになっている台所《だいどころ》の奥《おく》に向《む》かって大きな声を出す。

「お母さーん！」

返事《へんじ》がない。走っていって、さらに、

「お母さーん！」

「おねえちゃん？　たけくん？」

姉の久子《ひさこ》も弟《おとうと》の武史《たけし》の返事もない。

階段をトントンと上がっていくと、「おねえちゃーん」と呼《よ》びながら開《あ》けられた部屋《へや》をのぞく。無造作《むぞうさ》に置《お》かれた寝間着《ねまき》がベッドの上にあるだけだ。

「たけくんはお母さんのひっつきムシやから」

とつぶやきながら、また下の階へおりる。

「お父さんがいるかも？」

「お父さーん」

一階のお父さんの部屋のドアをどんどんとたたく。

ドアを開ける。

「だれもいない！」

何度目《なんどめ》かのこの言葉《ことば》をつぶやいたとき、はっとさらにいやなことに気がついた。

あたりが薄暗《うすぐら》くなってきた。

突然《とつぜん》、安奈《あんな》の背中《せなか》がぶるるっ。わっと寒《さむ》さが広がった。

リビングの端《はし》のラックに置《お》いていたカーディガンをはおる。もこもこしたクリーム色の毛糸でお母さんが作ってくれたものだ。お気に入りのひとつだった。

少し寒さがましになった。

安奈は自分に問《と》いかける。

「なんで誰《だれ》もいないんや？」

あたりはどんどんくらくなっていく。

そんななかでやけに白っぽい一角があった。

庭に面《めん》した窓《まど》、大きなサッシ窓から見える外が白くもやっている。

安奈はかけよった。

窓いっぱいに白いものがおおい、前のテラスを隠《かく》している。

「わあ！　これって雪なん？」

窓にへばりつくように身体《からだ》を押《お》し付《つ》けた。

雪が降《ふ》っていた。

激《はげ》しく降《ふ》ってくる雪。いつもなら、すぐに外に飛《と》び出《だ》しただろう。みんなと雪《ゆき》合戦《がっせん》をしよう、雪だるまも作ろうとわくわくする安奈だったが、今は楽しいことが全《まった》く浮《う》かんでこない。

舞《ま》う雪を見て考えることはひとつ。

「みんな、どうしたんや？」

もう一度《ど》、二階《かい》へ上がる。

部屋中《へやじゅう》を回り、みんなの名前を呼《よ》んでみた。

だが誰からの返事《へんじ》も返《かえ》ってこない。

「なんで、なんで？」

つぶやきながら、またリビングへ戻《もど》る。

そしてその時、安奈ははっとしたのだ。

「先に行ったんや！　わたしを置《お》いてきぼりにして！」

とたんに背中《せなか》を何かが走る。ぶるると身体《からだ》を震《ふる》わせた安奈はカッと耳のあたりが熱《あつ》くなった。足の先からシュシュシュシュウ、尖《とが》った何かが頭のてっぺんまで走《はし》り抜《ぬ》けた。

「置《お》いてきぼり！」という言葉《ことば》が頭のなかをぐるぐる回る。

「なんであたしだけ、置いてきぼりなんや」

——そんなことない！　お母さんがそんなことするとこない！

安奈《あんな》は涙声《なみだごえ》になって、後ろを振《ふ》りむいて、台所《だいどころ》に向《む》かって言った。

「お母さん……」

やっぱり返事はない。

もう一度窓《まど》のほうを向《む》く。

静《しず》まり返《かえ》った部屋《へや》の外、雪がさらに激《はげ》しくなってきた。

「そんなはずない！　わたしはいい子なんやから。学校でがんばってるやん、勉《べん》強《きょう》もがんばってるやん……」

言えば言うほど、耳の奥《おく》で太鼓《たいこ》がドンドン鳴りはじめ、熱くなってくる。それだけではない。頰《ほお》のてっぺんが真《ま》っ赤《か》になってきた感《かん》じがする。実際《じっさい》、安奈の頰は紅色《べにいろ》にそまり、大きな目がうるんでいた。口を半開《はんびら》きにして、のどをクンクンならす。もう一秒《びょう》もすれば涙《なみだ》があふれてくるところだ。だが安奈はきゅっとくちびるをかんで思いとどまった。

泣《な》いて怒《おこ》ってもここには誰《だれ》もいないのだ。

思わず肩《かた》を高くして偉《えら》そうに歩いて、台所《だいどころ》へ向かった。お茶の入ったままのコップが無造作《むぞうさ》に置《お》かれている。無意識《むいしき》に飲《の》むと、それはまだ温《あたた》かだった。

安奈は小さな声で「みんな、どこへ行ったんや?」とつぶやいた。またのどのあたりがくわっと熱《あつ》くなって、今度《こんど》は涙が出てきた。

「なんで? なんで?」

――あたしだけを置いていてきぼりにしていくんや! なんで? お父さんもそれにお母さんも、やっぱりおねえちゃんとたけくんがかわいいんや。わたしはどうなってもいいと思ってるんや。せやから置いてきぼりにできるんや。もしかしたらわたしはこの家の子ではないんやろか? こんなにいい子にしてるのに! おねえちゃんよりもうんと勉強ができるし、武史《たけし》のように甘《あま》えん坊《ぼう》やない!

安奈の足は再《ふた》びリビングの窓際《まどぎわ》に立った。

いつも見える大角山《おおつのやま》がかすんで見える。

庭の木々、南天《なんてん》と梅《うめ》と、武史が生まれたときに植《う》えられた大王松《だいおうまつ》の上に雪帽子《ゆきぼうし》ができている。そろって顔を天に向《む》けたすいせんの葉《は》たちも雪におおわれ隠《かく》れはじめた。

雪はどんどん降《ふ》ってくる。

もうあたりの景色《けしき》は図工の時間に見せてもらった北斎《ほくさい》の絵のような白黒世界《せかい》だ。

テラスも庭も白いじゅうたんで敷《し》き詰《つ》められたようになった。

「すごい雪や……」

その時だった。

ちかっと何かが光ったのだ。

「何?」

小さな赤いまるっぽいものだ。

はじめはひとつだったが、まばたきを一回したとたん、三、四個《こ》に増《ふ》えた。

「え?　赤い何?」
五、六個、重《かさ》なるようにして雪の中を走り抜《ぬ》けていく。
「赤い蛍《ほたる》?」

走った方向《ほうこう》に目をやる。

「大角山《おおつのやま》だ」

美《うつく》しい形の大角山の輪郭《りんかく》が浮《う》かび上《あ》がっていた。

赤い蛍たちは大角山の方向《ほうこう》に向かっていく。どこからかふいに生まれ、誘《さそ》い合って大角山へ飛《と》んでいく。

「何なの？　あの赤い蛍」

窓《まど》を開《あ》けて、その正体を確《たし》かめたいと思った。ただ窓を開けると、外は大吹雪《おおふぶき》。どんな状況《じょうきょう》なのかは、小学五年生の安奈《あんな》にはわかっている。

安奈はぷっと唇《くちびる》をとがらした。

「ああ、こんな日やのに、みんな、いない！　あたしのことなど、なんも思ってないんや」

また赤い蛍が窓の外で舞《ま》う。連《つ》れ添《そ》い、ざれあうようにして、同じ方向へ飛んでいく。

白と灰色《はいいろ》の世界《せかい》に、燦然《さんぜん》と輝《かがや》きながら遠のいていく赤。

「きれいやあ……」

安奈は一瞬《いっしゅん》感《かん》じた。自分の今を忘《わす》れて見入ってしまった。

見入っていた安奈は、

「あっ！」

と声を上げた。

「この赤いの！　どこかで見たことがある。どこでやった？」

さらによく見ようと額《ひたい》を窓《まど》にあてた。ヒヤリとした無機質《むきしつ》のつめたさは今の安《あん》奈《な》には気持《きも》ちがいい。

ぼおーと見つめている安奈の脳裏《のうり》によく似《に》た光景《こうけい》がうつってくる。ぼやっとぼやけている周《まわ》りの状況《じょうきょう》がだんだんと見えてくる。

赤い蛍《ほたる》が飛《と》んでいた。

「そうや！　あの時や！」

初《はじ》めて赤い蛍を見たのは武史《たけし》がまだ生まれていない時だった。たしか安奈はまだ幼稚園《ようちえん》にもいっていなかった。

二

お父さんが建築関係《けんちくかんけい》の会社から派遣《はけん》され、東南アジアに出かけていたのは安奈が生まれて一年もたっていなかった。

安奈が初めての誕生日《たんじょうび》をむかえないうちに、お父さんと離《はな》れることになった。そして三年後に無事任務《ぶじにんむ》を終《お》えて、神戸《こうべ》に戻《もど》ってきた。

その出張《しゅっちょう》の間、お父さんは三度《ど》、帰国していたが、そのたびにどういうわけか、安奈はあまり遊《あそ》んでもらえなかった。というのも一度目は、安奈がひどい風邪《かぜ》にかかっていたときだった。二度目は腹痛《ふくつう》、三度目のときはおねえちゃんがけがで入院《にゅういん》した時だった。安奈は須磨《すま》のおばあちゃんの家に預《あず》けられていた。

結局《けっきょく》、自分のお父さんを自分の目でしっかりと見たのは四才にもなってからだ。写真《しゃしん》やビデオやテレビ電話の中のお父さんは、たいていは作業服《さぎょうふく》を着《き》て、直立不動《ちょくりつふどう》で立っていた。バックにいつも木、生きている木や、きりたおされてつみあげられている木材《もくざい》を背《せ》にしている姿《すがた》だった。小さかった安奈はその写真を見るたびに、たくましく優《やさ》しく大きなお父さんを想像《そうぞう》していた。

お父さんが任務を終《お》えて帰ってくる日は、朝からどんよりと雪雲がかかっていた。飛行機《ひこうき》がつくころには、とうとう雪が降《ふ》りだした。

お母さんが運転《うんてん》をし、ふたりの子どもは後部座席《こうぶざせき》に乗《の》った。

夕暮《ゆうぐ》れの空港《くうこう》に向《む》かう。

車の中はにぎやかだった。

お父さんはもう外国には行かないのだ。ずっと一緒《いっしょ》なのだ。三年生になったばかりのお姉ちゃんははしゃいでばかりいた。みやげのことや、むこうでの話など話の種《たね》はつきない。

お母さんも高速《こうそく》を結構《けっこう》なスピードを上げて走りながら、ときどきあいづちをうった。

「ねえ、お母さん。春まで帰ってこれないって、言ってたのに、早くなったんやあ」

「そうや。仕事《しごと》が早くかたづいたんやって。嬉《うれ》しいねえ」

お母さんは弾《はず》んだ声で言う。安奈《あんな》はふたりの会話を聞きながら、顔を声にあわせて動《うご》かしていた。

安奈のなかでは、お父さんは今、どうしてもつかめない人なのだ。他人《たにん》ではないことはわかる。だがお母さんと同じ、おねえちゃんと同じ家族《かぞく》と考えるとちょっと違《ちが》っていた。何が違うのかときかれると、幼《おさな》い安奈にはとうてい説明《せつめい》のつかない思いであった。

「アンちゃん、えらいおとなしいな」

と言うおねえちゃんに、お母さんが返事《へんじ》をする。

「アンちゃんはお父さんに会うの、初《はじ》めてみたいなもんやな。お父さんかて、安奈に出会うの、すごう楽しみやって！」

安奈は「うん」と返事をした。

そのあたりから、下《した》っ腹《ぱら》が痛《いた》くなった。空港《くうこう》につくと、お母さんに頼《たの》んで、まっさきにトイレにかけこんだ。

お父さんの乗《の》っている飛行機《ひこうき》は予定《よてい》より少し遅《おく》れた。

空港は出迎《でむか》えの人たちでごったがえしていた。人の流《なが》れは巨大《きょだい》な生《い》き物《もの》のようだ。どどーと同じ方向《ほうこう》に動《うご》いたかと思うと、ぴたっととまりとぐろを巻《ま》いていた。安奈は初めての人ごみの中、たくさんの足ばかりを見て歩いた。お母さんと手を引いているので、迷子《まいご》にはならない。けれどふっと、もしこの手がはずれたらと思うと背中《せなか》がぞくぞくする。ぎゅっと力をこめて、お母さんの左手を握《にぎ》る。

お母さんの丸まった顔が目の前になった。かがみこんで、

「アンちゃん！　おんぶしたろか？」

安奈《あんな》は大きく首をふった。もうすぐ幼稚園《ようちえん》に行くのだから、おんぶしてもらうわけにはいかない。

「ううん、いい！」

「アンちゃんはがんばりやさんやもんね」

おねえちゃんが早く早くとせきたてる。

安奈たちは送迎《そうげい》デッキの出口で待《ま》った。

そこも人がたくさん集《あつ》まるところのようだ。押《お》しつぶされそうになって上を見上げると、いろんな顔があった。いそがしく動く口や目や鼻《はな》、声やにおいにむせかえり、胸《むね》がつまりそうだ。

安奈たちは、出てくる人のよく見えるいちばん前の列《れつ》にやっとたどりついた。

安奈は歯《は》をぎゅっとかみしめ、両足《りょうあし》をふんばって立った。

ガラスごしにこちらに向《む》かってくる集団《しゅうだん》がある。あの中にお父さんがいるのだ。

安奈にはどの人なのかわからない。額《ひたい》にうっすらと汗《あせ》がにじむ。ついさっきまで、写真《しゃしん》で知っているのだからきっと見つけられると思っていたのだが、それは甘《あま》い考えのようだ。どんどん人が通《とお》り過《す》ぎていった。

「もう！　お父さん、おそい！」

と、不機嫌《ふきげん》な声を出したおねえちゃん。一分もしないうちに、すごく機嫌のよい声を出した。

「お父さんやあ」

お母さんも大きくうなずく。あの集団の中の誰《だれ》かがお父さんに違《ちが》いない。おねえちゃんは手をふっている。安奈はガラスのむこうでお父さんらしい人を探《さが》したがわからなかった。

数分経《た》って、お父さんはゲートをくぐり、人垣《ひとがき》をかきわけ、安奈の真《ま》ん前《まえ》に現《あらわ》れた。

「安奈か……。えらい大きゅうなったな」

といって、手を差《さ》し出《だ》した。安奈はさっとお母さんの後ろに隠《かく》れた。お母さんが、

「安奈、お父さんよ。何はずかしがってるの？」

と言い、安奈を前に押《お》しやった。

写真の中のお父さんとはずいぶんと違《ちが》っている。

——どうしてこんなにひげを生やしてるんや。顔がどうしてぎらぎらひかってるんや……、もっと格好良《かっこうよ》くてスマートやった……。

お父さんは安奈《あんな》をひょいともちあげた。とたんに、変《へん》なにおいがする。たばこのにおいだとあとからわかったのだが、安奈はぶるぶると首筋《くびすじ》に身《み》の毛をはしらせる。とたんに異様《いよう》な気味悪《きみわる》さが身体中《からだじゅう》をおそった。

——写真のお父さんと違う！

とたん、安奈は突然《とつぜん》「わあぁ」と泣《な》きだした。どうしてそうなったのか安奈にもわからない。だが、一旦《いったん》泣きだすともう涙《なみだ》はとまらなかった。

お父さんだけでなく、お母さんもおろおろとして、抱《だ》かれている安奈のおしりをさすったりこづいたりした。だが泣き止まない。お父さんは、「よしよし、わかった、わかった」というと、安奈を地面《じめん》におろした。しゃくりあげながら、安奈はお母さんの後ろに隠《かく》れた。スカートの裾《すそ》をしっかり握《にぎ》って、そこから離《はな》れなかった。

安奈のかわりにおねえちゃんが抱き上げられた。嬉《うれ》しそうに、お父さんの両腕《りょううで》の中にいる。

「これはかなわん！　重《おも》い、重い」

おねえちゃんはすぐにおろされた。腕に抱きつくようにして、おねえちゃんはお父さんと一緒《いっしょ》に歩く。

「もうずっと一緒やろ、お父さん！」

うなずくお父さんと笑《わら》っているおねえちゃんを、安奈は泣《な》きやんだ大きな目で不思議《ふしぎ》そうに見ていた。

おねえちゃんが、

「お母さんいうたらな、お父さんがいないと、なまけものになるの」

と言う。

「ほう、どんなふうになまけるのかな」

「掃除《そうじ》とか、洗濯《せんたく》とか……、そうや、料理《りょうり》が簡単《かんたん》になる」

「久子《ひさこ》はきっとお母さんを助《たす》けてくれてたんだな。いい子にしてたかな？」

お母さんが後ろから、

「いい子だったかな？」

「いい子だったよ。ね、お父さん。あたし、四年生になったらね、女子サッカーのエンジェルスに入りたいの。いいやろ？」

「そうか、久子《ひさこ》はサッカーが好《す》きなんだ。お父さんも大好きだよ」

つぎつぎと弾《はず》む話は安奈《あんな》の耳を素通《すどお》りしていく。お母さんにしがみつくようにして歩く安奈を、お父さんはちらちらと見る。振《ふ》り返《かえ》りながら、お父さんは言った。

「安奈ははずかしがりやだったかな。そうだ、お父さんとよく公園へ行ったこと、覚《おぼ》えてないかな？　ないよなあ、まだ一才にもなってなかったもんなあ」

空港《くうこう》の駐車場《ちゅうしゃじょう》までいく。

お父さんとおねえちゃんは後ろの席《せき》だ。

安奈は運転するお母さんの横だ。助手席《じょしゅせき》につけられたチャイルドシートにおさまった。

後ろ席のお父さんとおねえちゃんは自分のことや外国のことやこれからのことを話し、運転中のお母さんも加《くわ》わって、話し声のとぎれることはなかった。

安奈はみんなが外国の人になったように感《かん》じていた。早口でしゃべる言葉《ことば》も日本語でないように思った。

空港《くうこう》をでた車はすぐに高速道《こうそくどう》に入った。

じっと前ばかりを見ていた安奈はあれっと思う。

まっくらやみに真《ま》っ赤《か》な玉が何個《こ》も何個も飛《と》んでいる。

「何やろ？」

そして安奈は「あ」と声を出した。

——蛍《ほたる》や！　夏のお泊《と》まり会で見たことある……。

幼稚園《ようちえん》から連《つ》れて行ってもらった「お泊まり会」で、みんなと一緒《いっしょ》に見た神秘《しんぴ》的《てき》な蛍が連《つら》なっていたのだ。

誰《だれ》も安奈の見た赤い蛍に気がつかない。

車の窓《まど》から見える赤い蛍はときどき消《き》え、また生まれ、美《うつく》しく舞《ま》っていた。

今、安奈は誰もいない家で、ひとりで赤い蛍を見ている。

いったいこの赤い蛍は何なのだろう。

どんどん数が増《ふ》え、好奇心旺盛《こうきしんおうせい》な安奈に「おいで、おいで」と招《まね》いているようだ。

安奈《あんな》はダウンジャケットを羽織《はお》り、いちばん厚《あつ》いマフラーをし、帽子《ぼうし》をかぶって、リビングの広い窓《まど》を開《あ》け、外へ出た。

テラスの隅《すみ》にあった古いブーツをはく。これはお母さんのもので古くなったブーツを庭用にしているものだ。ごわごわして気持《きも》ちが悪《わる》い。スニーカーにはき替《か》えたいと思った。

安奈は庭から玄関《げんかん》へと移動《いどう》する。

玄関ドアには鍵《かぎ》はかかっていなかった。

ドアをガラガラと開け、安奈は大きな声を出した。

「誰《だれ》かいるう－？」

やっぱり返事《へんじ》がなかった。

ブーツについた雪をバサバサ落《お》としながら脱《ぬ》ぐと、お気に入りのスニーカーにはき替《か》えた。

振《ふ》り返《かえ》ると、まだ後ろに赤い蛍《ほたる》が飛《と》んでいる。

「だあれもわたしのこと、気にしてない。わたしもみんなのこと、気にせんとこ！」

そう思うと、ますます赤い蛍を追《お》っていってもいい気がする。ドアをしめると、飛《と》び石《いし》を渡《わた》り、表札《ひょうさつ》のかかった小さな門を抜《ぬ》け、石段《いしだん》を三つ、トトトとおりて道路《どうろ》に出た。

地面《じめん》の見えるところはただただ真《ま》っ白《しろ》。安奈が歩くと、しっかりと足跡《あしあと》がついた。そこに道ができる。顔を上げると、白い雪の中に赤い蛍が飛んでいた。

吹雪《ふぶき》は激《はげ》しくなり、もうしっかりと見つめることもできない。やがて蛍の赤も雪の白さに溶《と》けこんでいく。

安奈は自分がどこにいるのかさえわからなくなった。ふうとその場に座《すわ》りこむ。なんの寒《さむ》さも感《かん》じない。雪吹雪《ゆきふぶき》が激《はげ》しくなって、安奈は目を開けていることさえできなくなった。

その雪の朝、お父さんは汗《あせ》をかきながら、裏庭《うらにわ》に並《なら》べていた植木《うえき》たちを雪にかからないように離《はな》れの倉庫《そうこ》の軒下《のきした》に移動《いどう》させていた。

お母さんと弟《おとうと》の武史《たけし》はコンビニへ買《か》い物《もの》に行き、姉の久子《ひさこ》は午前中だけの部活《ぶかつ》のバスケで学校に向《む》かっていた。

誰《だれ》もが一様《いちよう》に午後からのハッピーモール行きを楽しみにしていた日曜の朝だった。

ただその日は思いもかけず激しい雪が降《ふ》っていて、安奈《あんな》は「置《お》いてきぼり」にされたと思《おも》い込《こ》んでしまった。そして、不思議《ふしぎ》で幻想的《げんそうてき》で魅力的《みりょくてき》な赤い蛍《ほたる》を見た。

第二章　鬼《おに》の太郎《たろう》

一

大角山《おおつのやま》の山奥《やまおく》に、鬼《おに》の住《す》む鬼臣村《きしんむら》があった。そこに太郎《たろう》という名の男の子が住んでいた。

鬼の子の太郎は安奈《あんな》と同じ年だった。さらに安奈と同じように、頭には角もなく、笑《わら》っても口からにょきっと牙《きば》が出ることもない。両親《りょうしん》も兄たちも村の者《もの》たちも同様《どうよう》だった。だが、角や牙が無《な》いのではない。彼らは人間をまねて、隠《かく》しているだけであった。

太郎一家は洞窟《どうくつ》に住んでいた。といっても安奈が考えそうな洞窟ではない。初《はじ》めて入った者《もの》が迷子《まいご》になってしまうほど、とんでもなく広くて、水も木も土も岩も山もある壮大《そうだい》なものだった。

鬼臣村に今年も厳《きび》しい冬がやってきた。

だが、太郎の住んでいる地下の深《ふか》い洞窟では一年中たいした温度《おんど》の変化《へんか》はない。水の温度で夏冬を感《かん》じるほどであったし、高度に進《すす》んだ文明は地上と同じように美《うつく》しい季節《きせつ》を創《つく》り出《だ》していた。

太郎たちの住む洞窟の入り口に朝日が当たる。威勢《いせい》よく飛《と》び出《だ》してきた子がいた。

太郎だ。

太郎は「ウオー」と一声、雄叫《おたけ》びを上げた。

生気にあふれた姿《すがた》が朝日にあたって湯気《ゆげ》が身体《からだ》のあちこちから上がる。白いうすい半袖《はんそで》シャツの上に皮《かわ》のジャンパーをはおっている。腰《こし》にはふさふさとした狒々《ひひ》の皮を巻《ま》き、縞模様《しまもよう》の短《たん》パン姿だ。ぬっと出ている足先は裸足《はだし》だ。

目が大きく鋭《するど》く、眉毛《まゆげ》は太く一文字形で、いかにも向《む》こう意気《いき》が強そうだ。

だが、鼻《はな》も口も品《ひん》よく、優《やさ》しい感じがする。茶褐色《ちゃかっしょく》のちょっとウェーブのかかった短《みじか》い髪《かみ》も格好《かっこう》がよい。

太郎は、今季初《はじ》めて見る大雪に心が浮《う》きたっていた。

ぶるるんと首を振《ふ》ると、洞窟《どうくつ》の奥《おく》に向《む》かって叫《さけ》んだ。

「ちょっと岩駆《いわが》けしてくるよー」

後ろから、母親の声が追《お》っかけてきた。

「太郎《たろう》――、大角山《おおつのやま》には黒い雲があるから、遠くへ行くんじゃないよー」

「わかってるー」

朝日をあびた新雪の地を意気揚々《いきようよう》と踏《ふ》みつけていく。

自分の足跡《あしあと》が雪の中にきっちりとついているのが嬉《うれ》しくてたまらない。振《ふ》り返《かえ》り、また戻《もど》り、円形にしてみたり、星形をつくってみたりして雪の山を越《こ》えていく。

突然《とつぜん》、太郎の鼻《はな》にふわっと甘《あま》ったるいにおいが入ってきた。

「うわー、いいにおいだ」

しぼりたてのミルクのにおいだ。太郎は岩の上からにおいのする下に滑《すべ》りおりた。

「なんだ、これ？」

点々と足跡がついていたのだ。

自分よりも小さな足跡だ。

「おれよりも小さなやつが先に歩いたってことか？」

太郎の身体《からだ》が急《きゅう》に熱《あつ》くなった。

負《ま》けず嫌《ぎら》いな太郎である。男ばかりの五人兄弟《きょうだい》の末《すえ》っ子だ。やっと十才になったばかりだが、走りはもういちばん上の兄にさえ、引けをとらないほどになっていた。

「ふん、どこからきたんだ？　こいつ！」

用心深《ようじんぶか》く、太郎はその足跡の上に自分の足を置《お》く。確《たし》かに自分よりも小さい。すぐに太郎の足跡で先の形は変形《へんけい》する。

小さいとはいえ、こんな大雪の中を歩いてきたのだ。もしかしたら自分よりも力の強いやつかもしれない。

身体から湯気《ゆげ》が出、息も荒《あら》くなる。

太郎は身構《みがま》えながら、大きな岩の下をぐるりと回った。

ところが、あっけなく足跡の主《ぬし》は見つかった。

大きな岩の前でぼんやり立っている。

茶の毛糸帽《けいとぼう》をかぶり、その上からさらに黄色のふわふわマフラーをかけて、前にたらしている。分厚《ぶあつ》いクリーム色のダウンジャケット、長ズボンにスニーカー姿《すがた》だ。

「わあー、暑《あつ》くるしい。なんでこんなに着《き》こんでいるんだ？」

近づいていっても、その者《もの》は身動《みうご》きしない。立ったまま、目をつむっているのだ。後ろの岩に身体《からだ》をつけて眠《ねむ》り込《こ》んでいる。

太郎《たろう》は思った。

――変《へん》なやつ？　立って寝《ね》てる……。どうしてこんなところで寝てるんだ？

背《せ》の高さは自分より少し低《ひく》い。同じぐらいかちょっと年下の子かなと思う。

「どこの村から来たんだ？　相当、疲《つか》れているようだが……」

静《しず》かな寝息が聞こえる。それに身体中からいいにおいがした。さっきのにおいはこの者《もの》からだったのだ。

太郎は思わずかぶりつきたくなった。

ミルクだけではない。こうばしいにおいも混《ま》じって、どこか懐《なつ》かしいにおいなのだ。

こんなにおいをかいだことがなかった。胸《むね》がどきどきする。マフラーの奥《おく》の透《す》き通《とお》るようなつるつるした肌《はだ》も気になる。

「おい、どうした！　起《お》きろ！」

声にも気がつかないで、目を閉《と》じている。

太郎《たろう》はそっと顔を触《さわ》ってみた。

あまりの柔《やわ》らかさにあわてて手を戻《もど》す。戻した手が勢《いきお》いあまって、かぶっていた毛糸の帽子《ぼうし》を飛《と》ばしてしまった。

黒くふさふさとした髪《かみ》が現《あらわ》れた。

「わおー、なんてきれいなんだ！」

短《みじか》い髪はウェーブをつくっている。

太郎自身《じしん》も茶褐色《ちゃかっしょく》のウェーブのかかった髪だった。が、そっと触《ふ》れてみると、硬《かた》さがまるで違《ちが》う。水藻《みずも》を触るように頼《たよ》りない。とっさに、

「あ」

太郎は小さく声をもらす。

「こいつ……、もしかしたら人間かもしれん！」

母さんから聞いたことがある。人間は何もかもおもちのようにふにゃっとしているという。

おもちのようなふにゃふにゃした者《もの》が、突然《とつぜん》、しっかりとした声を出した。

「うもー！　この吹雪《ふぶき》じゃー、先へいけないよ！」

そう言うと、すごい勢《いきお》いでかがみこみ、落《お》ちた帽子《ぼうし》を拾《ひろ》ったのだ。

太郎はあっという間に岩の後ろに隠《かく》れた。様子《ようす》を食い入るように見ながら確信《かくしん》した。

「ああ！　やっぱり、人間。こいつは女の子だ」

その者は大きな声を出して言いつづけている。

「うもー！　雪、なんとかならないの！」

太郎は岩かげから見てにまにま笑《わら》う。

「威勢《いせい》のいいことだ！」

なかなか負《ま》けん気《き》が強そうだ。

「面白《おもしろ》くなってきたぞ」

と、わくわくする太郎。

奇妙《きみょう》な子は目をつぶりながらしゃべっている。

「どこへ行ったんや？　わたしを置《お》いてきぼりにして！　もう！　どうせ、みんな、わたしのことなんかどうでもいいんや、きっと！　あ、赤い蛍《ほたる》や。赤い蛍ー、ちょっと、ちょっと待《ま》ってよー」

岩からのぞいている太郎《たろう》はそっと足音を出さないように進《すす》んだ。

気づかれて逃《に》げられたくなかった。

あわよくば友達《ともだち》になりたい。

もっと言えば自分の家に連《つ》れて帰りたい。

「それから、それから……」

心の中はもう激《はげ》しい嵐《あらし》のように騒《さわ》ぎだしている。

「こいつ、この村で住《す》むようになったらいいなあ」

——だが……。

太郎は鬼臣村《きしんむら》でいちばんの知恵者《ちえしゃ》であり、誰《だれ》からも尊敬《そんけい》されている「鬼臣のおばば」の言葉《ことば》を思い出した。

「人間にはかかわるな。わしらのすばらしい文化《ぶんか》が崩《くず》れてしまうからな」

それでも太郎はどうしようもなく、奇妙《きみょう》な子に興味《きょうみ》がわいた。
奇妙な子からにおってくるこうばしい優《やさ》しいにおいが愛《いと》おしいと思った。
とにかく、めったにないチャンスに出会ったのだ。
太郎はさらに近くへと進《すす》んだ。
あんなに威勢《いせい》よくしゃべっていた女の子の声がだんだんと低《ひく》くなっていく。
しっかりと立っていたのに、両膝《りょうひざ》が急《きゅう》に前に折《お》れて、正座《せいざ》する格好《かっこう》になった。
それでも目を閉《と》じて顔を前に向《む》けている。
唇《くちびる》が白い肌《はだ》と同じような色に変《か》わっていく。いや、顔の色が青白くなっていった。
太郎が手の届《とど》くところにまで来ているのに気づかないで眠《ねむ》っている。
このままにしておくとこいつはどうなるかな？　との思いが湧《わ》いてきた。
――もろい人間なんだ……。きっと死《し》んでしまう……。
この者《もの》を助《たす》けないといけない。
助けたいと思う。
「どうしよう、どうしよう」

あれこれ考えている間もなかった。

そいつの頭がうなだれはじめた。

もう声もしない。

太郎《たろう》は思った。

――おれらの村に迷《まよ》い込《こ》んだのだ。このままほうっておくわけにはいかない！

太郎は決心《けっしん》をした。

「仕方《しかた》ない。とにかくおれの家まで運《はこ》んでから考えよう」

と独《ひと》り言《ごと》を言う。

太郎はその者《もの》をそっと抱《だ》きかかえた。何という軽《かる》さなのだ。しおれた柳《やなぎ》を手にしているようだ。

太郎は人間を両手で抱《かか》え、雪の道を飛《と》ぶように駆《か》けた。あっという間にもとの洞窟《どうくつ》の入り口に着《つ》いた。

洞窟に入ると、すぐに鉄《てつ》の扉《とびら》に行き当たる。

岩にしっかりとはめこまれている鉄の扉だった。上の部分《ぶぶん》が半円形、下は四角くなった美《うつく》しい形の扉《とびら》だ。

扉は、ふちを際《きわ》立《だ》たせるように突起《とっき》した鉄《てつ》の帯《おび》で囲《かこ》まれ、真《ま》っすぐな二本の鉄《てつ》棒《ぼう》が真《ま》ん中《なか》を分けている。両開《りょうびら》きになるからだ。作られた当初《とうしょ》はきっと燦然《さんぜん》と輝《かがや》いていたと思われる。とはいえ、今もなお渋《しぶ》い光を放《はな》っていた。

太郎が前に立つと自然に扉が両側《りょうがわ》に開いた。

その扉は玄関《げんかん》や庭に入る門扉《もんぴ》ではなかった。扉の先はがっしりとした鉄で囲まれた四角い箱《はこ》、エレベーターだったのだ。五、六人は十分入ることができる。

中に入ると、太郎が何もしていないのに、すーと扉が閉じてすごい勢《いきお》いでおりていく。

すべてが音もなく動《うご》き、止まり、そして再《ふたた》び扉が開いた。

開くと目の前にあったのは、広い幅《はば》と先が見えないほどに長い廊下《ろうか》だった。

左側には部屋《へや》の入り口が続《つづ》き、右側は壁《かべ》だった。ところどころに行燈《あんどん》のような形をした電灯《でんとう》がぶらさがっている。

太郎は扉から出るなり、大きな声で叫《さけ》んだ。

「かあさーん、かあさーん」

太郎《たろう》の母親が廊下《ろうか》の中ほどから突然現《とつぜんあらわ》れ、駆《か》けてきた。

肩《かた》までの髪《かみ》は太郎と同じようにしっかりとウェーブがかかっている。だが太郎よりももっと褐色《かっしょく》で時々金髪《きんぱつ》のように光った。目も心持《こころも》ちグリーンかかっている。色白で、太郎たち五人の母親とはとうてい思えない、若々《わかわか》しい女の姿《すがた》だった。

「太郎。どこまでいってたんだね。朝食もとらないで」

近づいてきた母親は突然、悲鳴《ひめい》を上げる。

「わあ、太郎！　その子は、人間！　きっとそうよ！」

声と同時に、廊下のあちこちから兄たちが飛《と》び出《で》てきた。

四人の兄たちのなかでは年長のお兄さんはもう父親よりも身体《からだ》が大きい。大きいだけでなくどっしりとして落《お》ち着《つ》いている。その年長のお兄さんまでが顔を出してきた。

兄たちは色とりどりの縞模様《しまもよう》パンツと太郎と違《ちが》ってきちんと長い袖《そで》のシャツを着《き》ている。

誰《だれ》もが「人間」という言葉《ことば》に惹《ひ》かれて、自分の部屋から飛び出てきたのだ。

「ほう、これが人間？」

「初《はじ》めて見たぞ」

「なかなかかわいいもんだな」

「ちょっと触《さわ》ってみてもいいか」

母親が両手《りょうて》を広げて、太郎の前に立ち、人間をかばった。

「触《さわ》ってはだめ！　ここに来たばかりで、まだ身体がなじんでいないはずです！」

そして、

「とにかく、客間《きゃくま》に連《つ》れていきなさい！」

と言った。

母親が先頭に立っていき、身体を左に向《む》けたとたん、音もなく廊下《ろうか》の左の一部《いちぶ》分《ぶん》がぱっくりと口を開《あ》けた。客間への入り口の扉《とびら》が開いたのだ。

中にソファーとテーブルのある応接間《おうせつま》が現《あらわ》れた。女の子はソファーに寝《ね》かされた。

眠《ねむ》っている小さな人間を前にして、太郎たちは顔をつきあわしている。

母親は、太郎の肩《かた》をたたいて、

「おまえと同じぐらいの年齢《ねんれい》だねえ……」

と言い、「ふう」とため息をついた。

「やっぱり、もとの場所《ばしょ》へ戻《もど》してきたほうがいいと、わたしは思うよ」

「そんなことしたら、こいつ、死《し》んでしまうよ」

と、太郎《たろう》。

兄たちも口を出す。

「だからといって、目をさまして騒《さわ》がれたらどうする？」

「どっちにしても、こんな小さな生《い》き物《もの》が生きてられないよ」

「そうだ、そうだ。こいつは確実《かくじつ》に死んでしまう」

太郎はもう一度奇妙《どきみょう》な人間の顔を見た。ほっと頬《ほお》が赤くなってきている。だが、まだ髪《かみ》の毛《け》も帽子《ぼうし》も衣服《いふく》もぬれたままだ。

太郎はみんなのほうを向《む》いた。

「わかったよ、みんな！　けど、おれ、腹《はら》が減《へ》った。朝ごはん食べたら、もう一度考えてみる。それまでここに寝《ね》かせておいてもいいだろ」

「そうね。ちょっと様子を見ましょう」

母親の言葉《ことば》で、兄たちはどやどやと部屋《へや》を出ていき、入《い》れ替《か》わりに父親が入ってきた。

「何かあったのか？」

がっしりとした体格《たいかく》の人で髪をきちんと七三分けにし、八の字にひげをたくわえている。髪もひげも墨《すみ》を塗《ぬ》りつけたような黒だ。威厳《いげん》をもった言い方で、

「この者《もの》は確《たし》かに人間だ」

と言った。

太郎は父親の大きな黒い目をしっかり見つめて言う。

「とうさん！　こいつ、ここが気に入ったら、外に戻《もど》さなくてもいいかなあ……」

母親が、

「ここが気に入ったらね」

とつぶやいた。

「そうだな、太郎。この子が村を気に入ってくれればなんの問題《もんだい》もない」

「やったー、気に入ったら、ここに置《お》いてもいいんだね。とうさん！　こいつ、

女だから妹だね。おれはお兄さんになるんだ！」

奇妙《きみょう》な女の子はそれから一日中眠《ねむ》りつづけた。朝ごはんも晩《ばん》ごはんもとらないで、身動《みうご》きひとつしないで眠っていた。

ソファーから客間《きゃくま》の寝室《しんしつ》に移《うつ》され、やがて朝になった。

二

赤い蛍《ほたる》を追《お》っていった安奈《あんな》は、激《はげ》しい雪に目を開《あ》けていられなくなった。

次に開けた時、安奈の目にいちばんに飛《と》び込《こ》んできたのは、森の木々に雪が降《ふ》っている景色《けしき》だった。とっさに身体《からだ》を硬《かた》くする。意識《いしき》の中に寒《さむ》さがわっと入ってきたのだ。が、実際《じっさい》は全《まった》く寒さを感《かん》じない。

飛《と》び起《お》きる。

その景色は、天井《てんじょう》から前面《ぜんめん》の壁《かべ》いっぱいにはめこまれているテレビ画面のものだった。

「ここはどこ？」

安奈は、こぢんまりとした和風の部屋《へや》、畳《たたみ》の上に敷《し》かれたふとんに寝《ね》ていた。

なぜ自分はここにいるのだろう。

安奈は正座《せいざ》して、ゆっくりと首を右に振《ふ》った。

二メートルほど先に、床《とこ》の間《ま》がきられている。安奈はそこにかかっている掛《か》け軸《じく》を見てぎょっとする。

描《えが》かれていたのは赤鬼《あかおに》の顔だ。左からの雪明かりに浮《う》かび上《あ》がって今にもしゃべりだしそうだ。真《ま》っ赤《か》な顔と角がてかてかと光り、鋭《するど》い丸い目は金色をしている。真ん中の真っ黒な瞳《ひとみ》が安奈を見つめていた。大きく開《あ》いた口には白い歯《は》と鋭い牙《きば》が見える。赤い顔をおおっているのは縮《ちぢ》れた黒い毛だった。

安奈は正座のまま、身体《からだ》をねじると、じっと赤鬼の掛け軸を見つめた。

このような床の間と掛け軸の景色は、田舎《いなか》のおばあちゃんの家で見たことがある。

「おばあちゃんち?」

だが、安奈はすぐに首を左右に振った。

「ちがう!」

掛《か》け軸《じく》の絵が違《ちが》う。いつもかわいらしい花の絵だった。

「ここはどこなん？」

安奈《あんな》は声に出して、自分に問《と》うてみる。

ひゅうと冷《つめ》たい風の音が聞こえる。テレビ画面《がめん》はまだ吹雪《ふぶき》のままだ。音と画像《がぞう》に、安奈は寒《さむ》くもないのにまたぶるっと身体《からだ》を震《ふる》わせた。

「あ」

安奈ははっとする。

「赤い蛍《ほたる》を見たんやった！」

真《ま》っ白《しろ》な世界《せかい》に、赤い蛍が飛《と》んでいた……。

思い出すのはそこまでだった。思い出そうとするとキーンと頭が痛《いた》くなった。

「なんで、思い出せへんのや？」

まるで魔法《まほう》か妖術《ようじゅつ》にかかったようだ。さらに身体を右に回す。

テレビ画面の壁《かべ》と床の間以外《いがい》、周《まわ》りは全部《ぜんぶ》ふすまだった。グレーの地に雪の結晶《けっしょう》の模様《もよう》がいっぱいちりばめられていた。

ふすまの向《む》こうから、

トトトト

トトトト

誰《だれ》かがやってくる気配《けはい》だ。

ツツツー！

真《ま》ん中《なか》のふすまが勢《いきお》いよく開《あ》いた。

安奈は両手《りょうて》を握《にぎ》りしめ、身構《みがま》える。

男の子が入ってきた。

目がくりっとして大きく、眉毛《まゆげ》がまっすぐ横一文字《よこいちもんじ》になっている。背《せ》はたぶん自分と同じくらいだ。正座《せいざ》している安奈を見て、嬉《うれ》しそうに言った。

「やあ、元気になったんだ！　よかった、よかった！」

人懐《ひとなつ》っこい声だった。

安奈はなぜかほっとする。ここは怖《こわ》いところではないようだ。とたんに、ますます不思議《ふしぎ》で奇妙《きみょう》で、魔法《まほう》にかかっているように思えた。

「ここはどこ？」

とうわずった声を出す。

男の子は掛《か》け軸《じく》を背《せ》にし、あぐらをかいて座《すわ》った。

「ああ、おれんちだよ」

「あんたは誰《だれ》？」

「おれは太郎《たろう》。鬼臣《きしん》太郎」

「きしんたろう？」

ますます頭がこんがらがってくる。

――わたし、なんで？　こんなところにいるの……。

「あの……」

安奈《あんな》は何を言ったらいいのか、言葉《ことば》が出てこない。

「元気そうでよかった、よかった！」

この子は自分のことを心配してくれているようだ。

安奈の頬《ほお》は桃色《ももいろ》になり、目もしっかりと開《あ》き、言葉もはっきりとしている。

太郎はポンと胸《むね》をたたくとまた同じ言葉をくりかえした。

「よかった、よかった！　それで、おまえの名前は何て言うんだ？」

――わたしの名前？

「わたしの名前は佐藤《さとう》安奈！」

安奈は自分の名前が口をついて出てきたので、またほっとした。

――名前は覚《おぼ》えてる！

「安奈……、佐藤安奈！」

「そうか、安奈っていうんか。人間の村から来た安奈！　うん、よかったあ、ほんとによかった」

丸い鼻《はな》がぴくぴくと動《うご》く。

――この子は優《やさ》しい子なんや。

安奈がその子の名前を確《たし》かめようと、

「ええーっと、きしん……」

といいかける。すると、

「鬼臣村《きしんむら》の鬼臣家、鬼臣太郎っていうんだ」

と、嬉《うれ》しそうに言った。

「きしんむら？　聞いたことない！」

「アハハハ、そりゃ、そうだろう。おまえたち人間に知られたら、やばいってことさ」

安奈《あんな》にはその言葉《ことば》の意味《いみ》もわからない。というよりしっかりと耳に入ってこない状態《じょうたい》だった。今、自分がどうしてここにいるのか考えることで精《せい》いっぱいだ。

わたしはどうしてここにいるのだろう？　どうして何も思い出さないのだろう……。

思い出そうとしても、何も浮《う》かんでこない。また頭が痛《いた》くなった。

「痛い、痛い……」

安奈は「うっもお！　どうなってんの！」と甲高《かんだか》い声を出し、太郎《たろう》をにらむように見つめた。奇妙《きみょう》な服《ふく》を着《き》ている。白の半袖《はんそで》シャツの袖がやけに大きい。はいている短《たん》パンが横縞模様《よこじまもよう》でまるで鬼《おに》の衣装《いしょう》だ。

太郎がニマニマ笑《わら》う。

「おまえの服もよく似合《にあ》ってるよ。それ、母さんが着替《きが》えさせたのさ。ずぶぬれだったからな」

とおかしなことを言った。

「わたし、ずぶぬれだったん？」

安奈ははっとして、自分の胸《むね》や腰《こし》や足もとを見た。

太郎と同じように白シャツと縞模様パンツをはいている。シャツは長袖でまるで着物《きもの》の袖のような幅《はば》があった。

あまりにも自然《しぜん》にフィットしていて、着ていることさえ忘《わす》れるほどの服だ。

「おまえの服はクリーニング中だ」

またまた「なんで？　なんで？」の思いが頭をぐるぐると回る。

だが現実《げんじつ》に安奈は大きなテレビのある部屋《へや》で鬼の着るような服を着て、太郎と名乗《なの》る男の子と一緒《いっしょ》にいる。

「わたし、なんでここにいるん？」

太郎は安奈が雪の中で倒《たお》れていたことを話した。

「おれが助《たす》けてやったのさ」

胸《むね》をぐんとそらして言う。そして、

「びっくりしなくてもいいよ。ここは楽しいところさ。それにしてもおまえ、赤い蛍《ほたる》ってなんなんだ？　うわごとで、赤い蛍、赤い蛍ってわめいてた……」

と言った。

「え？　赤い蛍《ほたる》？」

とたんに心臓《しんぞう》がキュッと痛《いた》くなった。

——ああ、私は赤い蛍を探《さが》していたんだ……。きっと自分にとって大事《だいじ》なものなのだ。

「ねえ、赤い蛍って、聞いたことある？　この村にいるかしら？」

太郎《たろう》はにまっと笑《わら》った。

赤い蛍を探してやるといえば、きっとこいつと仲良《なかよ》くなれる。この村に残《のこ》るに違《ちが》いないと思ったからだ。

元気になったからといって、せっかく連《つ》れてきた人間を返《かえ》したくなかった。この世界《せかい》に置《お》いておきたいと思った。

——それに……、あの雪の場所《ばしょ》に戻《もど》したら、こいつは死《し》んでしまうに決《き》まっている。

太郎は弾《はず》んだ声を出した。

「鬼臣《きしん》のおばばに聞いてみてやる！　この村でいちばんの物知《ものし》りなんだ！」

「鬼臣のおばば？」

「そうさ。おばばの住《す》む御殿《ごてん》に行けば出会えると思うよ。それに、おばばのところには特別《とくべつ》な力のある者《もの》たちが集《あつ》まるんだ。きっと見つけられるから」

頬《ほお》を赤くして話す。

安奈《あんな》にはまだ周《まわ》りの状況《じょうきょう》がしっかりわかっていない。ふとんの上で正座《せいざ》し、かしこまっていた。

太郎が、

「とにかく、腹《はら》が減《へ》っては何もできん。安奈、朝ごはんにしよう。安奈はいつも朝、何を食ってるんだ？」

と言った。

とたんに、安奈は今すごく空腹《くうふく》であることに気がついた。

——わたしはきっと何も食べていないのだ。ずっと眠《ねむ》りつづけていた？　らしい……。

安奈は膝《ひざ》を崩《くず》すと、ちょっと大きめの声で言った。

「朝は……パン。わたしはオレンジジュースが好《す》きなんよ。いちばん好きなのはプリンだけど……。朝からはお母さん、だめって言うよ」

すらすらと自分の好きなものの名が出てきた。

太郎《たろう》が、

「なるほどな。おれたちは和食が多いんだ。だいたい味噌汁《みそしる》、お魚と卵《たまご》と野菜《やさい》色々と……。プリンがほしいなら大丈夫《だいじょうぶ》、出てくるよ」

「へえ、朝から？」

「あったりまえだ。おれらは鬼臣村《きしんむら》の鬼臣家、おれは五男の鬼臣太郎だからな」

また鬼臣という名が出てきた。

安奈《あんな》はもう覚《おぼ》えてしまった。頭がからっぽだからかな？　と思いながらも、口はなめらかだ。

「わかった！　鬼臣村の鬼臣家の鬼臣太郎さん！」

それに続《つづ》けて、

「あたしはハンバーグとポテトチップとオレンジジュースとそれから、あ、プリンがいい！」

と言った。

太郎はほっとしていた。

——こいつは怖《こわ》がっていない。おれたちの家になじんでいる。これなら大丈夫。

ここでおれと一緒《いっしょ》にいっぱい遊《あそ》べばいい。好《す》きなことをすればいい。

太郎の心にわっと嬉《うれ》しさがこみあげてきた。

——いろんなことを楽しませてやるぞ！　そして鬼臣村の鬼臣にしてやるぞ！　なにせ、鬼臣の歴史は優《ゆう》に二〇〇〇年を超《こ》えるんだ。こいつを鬼臣にしたら、おれはもしかしたら人間と行き来できるかもしれんな！　こいつがおれらのところへ来たように、おれも人間界《にんげんかい》に住《す》んだりして……。愉《ゆ》快《かい》、愉快！

体中が火の玉のように燃《も》えている思いだった。

安奈がそんな太郎の心を読むことはできない。

ふたりはしゃべりながらふすまを開《あ》け、ふたつの部屋《へや》を通り、廊下《ろうか》へと出た。

三

先の見えない廊下が続き、両側《りょうがわ》に部屋があるらしく、時々老舗旅館《しにせりょかん》のような格子戸口《こうしどぐち》が現《あらわ》れた。というのに、ところどころにむきだしの岩が出ていたりする。そんな廊下のつきあたりが食堂《しょくどう》だった。

「ここが食堂《しょくどう》だからね。覚《おぼ》えておいてくれ」

一歩中に入ったとたん、安奈《あんな》はどこかの高級《こうきゅう》ホテルに入ったようで立ち止まる。

前を太郎《たろう》がすたすたと歩く。

足もとには分厚《ぶあつ》い明るいグレーのじゅうたんが敷《し》かれ、先に緑いっぱいの木々が見え、静《しず》かなピアノの曲《きょく》が流《なが》れ、大きなダイニングテーブルの上からいいにおいがしていた。

太郎がテーブルに近づくと、

「安奈は向《む》こう側《がわ》だ」

と言った。

安奈はぎこちない動《うご》きをしながら、普通《ふつう》の家の何倍《なんばい》もある大きなテーブルに向《む》かう。

――あれ？

この時、初《はじ》めて安奈は気がついた。

「太郎！　誰《だれ》もいないね……」

太郎がパチンと指を鳴らすと、

「当たり前だろ。おれらのふたりの朝食だからな」

と言う。

——ふたりだけの朝食？　他《ほか》に誰もいないん？

安奈は心の中で叫《さけ》んだが、口に出てきたのは、

「ああ、お腹《なか》すいた！」

だった。

「よし、いただこう！」

ふたりは椅子《いす》に座《すわ》った。その椅子も中世《ちゅうせい》のヨーロッパからやってきたような重《じゅう》厚《こう》なものだった。

テーブルには安奈が好《す》きだといった料理《りょうり》がすでにずらりと並《なら》んでいる。

艶《つや》やかな緑や白や黄の野菜《やさい》のそばに、ハンバーグ、エビフライ、ナポリタン、そしてピンク色のチキンライス……。ちゃんとプリンも置《お》いてあった。

「わあー、すごーい。やっぱり、ホテルだあ！」

「いやいや、ホテルじゃない。おれんちだ！」

太郎が満足《まんぞく》げに笑《わら》った。

「それにしても安奈《あんな》、これってお子様ランチだな」

　安奈は、自分が小さい子に見られたようで、ぷっと頬《ほお》をふくらませた時、コッコッと靴音《くつおと》がして、誰《だれ》かが奥《おく》からやってきた。

——わあ！　コックさんがいる！

　安奈はとっさに思ってしまった。というのも、その人は、顔と同じほどの大きな立派《りっぱ》な白いコック帽《ぼう》をかぶっていたからだ。

　太郎《たろう》は気づいていないように、いや気にかけてもいない感《かん》じで、大口を開《あ》けてハンバーグやエビフライを食べている。

　安奈はその女の人をまじまじと見つめた。真《ま》っ白《しろ》な長袖《ながそで》シャツを着《き》て、首に赤い紐《ひも》を巻《ま》いている。赤い紐は正面《しょうめん》の胸《むな》もとでリボンになって、優《やさ》しい顔によく似《に》合《あ》っていた。

　濃紺《のうこん》のデニムの長スカートをはき、おおいかぶさるように同じ色の前掛《まえか》けをしていた。頭には安奈がいちばんに目についた立派なコック帽がのっている。真《ま》っ白《しろ》な帽子《ぼうし》の下から、黒い髪《かみ》が両側《りょうがわ》にたれ、ふたつに分かれ、それぞれ三つ編《あ》みにしていた。

口も目もにこにこと笑《わら》っている。両手《りょうて》で持《も》ったトレイの上に、飲《の》み物《もの》がのっている。

「オレンジジュースをお持ちしましたよ」

と安奈が想像《そうぞう》した通りの柔《やわ》らかな口調《くちょう》で言った。

真正面《ましょうめん》の太郎は、赤色のジュースをうまそうに飲んでいた。

食堂《しょくどう》にいるのは、安奈と太郎と世話《せわ》をしてくれるコック帽のおねえさんだけだった。

太郎は、おねえさんのほうを向《む》いて言った。

「何でもあの脱鬼《だき》に言って。おれんちの脱鬼だから、何でも聞いてくれるからね」

この時、安奈は初《はじ》めて「だき」という名を聞き、初めて「脱鬼」に出会った。

そして、この人、脱鬼さんっていうんだ。変《へん》な名前のお手伝《てつだ》いさんだなあ……と思っただけだった。

脱鬼のおねえさんはスープをよそったり、プリンのおかわりを持ってきたり、安奈にとても親切だった。ただ安奈が食事以外《しょくじいがい》のことで何かを言おうとすると、急《きゅう》に恥ずかしそうにうつむき、前を向《む》いたまま後ろへさがって奥《おく》へひっこんでしまった。

食事が終《お》わり、太郎《たろう》が言った。

「安奈《あんな》。さあ、赤い蛍《ほたる》を探《さが》そう！」

とたんに、安奈は脱鬼《だき》のおねえさんのことも豪華《ごうか》な朝食のことも忘《わす》れた。

「わあー、赤い蛍を見つけたーい」

ふたりはまた長い廊下《ろうか》に出て、エレベーターに乗《の》り、地上に向《む》かった。


エレベーターのドアが開《あ》いた。

太郎に続《つづ》いて飛《と》び出《で》た安奈は呆気《あっけ》にとられて立ち止まる。

安奈の記憶《きおく》の中では外は真《ま》っ白《しろ》な雪景色《ゆきげしき》だった。

だがあたりの景色は一変《いっぺん》している。

緑の葉《は》をつけた木々が周《まわ》りをおおっていた。足もとには黄や白や橙《だいだい》や紫《むらさき》の色鮮《あざ》やかな花がちりばめられ、春まっさかりの野山の風景《ふうけい》が広がっていたのだ。

そよいでくる風にも甘《あま》い香《かお》りがする。

安奈はあたりをきょろきょろ見た。

——ここはいったいどこ？

安奈は友達《ともだち》と一緒《いっしょ》に、団地《だんち》のはずれの森林公園によく遊《あそ》びにいった。水遊びにちょうどいい谷川があって、格好《かっこう》の遊び場だった。

だが、安奈は「うっ」と胸《むね》をつまらせた。

その谷川がどんな景色《けしき》だったか思い出せないのだ。そのうえ、

——なんで？　友達の顔が浮《う》かんでこないの？

すぐ前に、両側《りょうがわ》がかわいらしい草花でおおわれた小道が続いている。とたん、おねえちゃんが小さい時、こんな道で、足にけがをしたことを思い出した。安奈と違《ちが》って落《お》ち着《つ》いたおねえちゃん。ただそこを歩いていて、ガラス片《へん》を踏《ふ》んでしまったのだ。

そして、安奈は、「え、なんで？」とまたつぶやく。

おねえちゃんの顔が浮かんでこないのだ。

エレベーターの横《よこ》に大きなガラス張《ば》りの奇妙《きみょう》なボックスが置《お》いてあった。

「あ、このボックス……」

ちょうどお母さんが通販《つうはん》でいいもの買えたと喜《よろこ》んでいた洋服入《ようふくい》れと同じ格好《かっこう》を

している。そう思っているのに、お母さんの顔が浮《う》かんでこない。

――え？　なんで、みんなの顔が思い出せへんの……。

太郎《たろう》が目の前に立った。

よく伸《の》びた指《ゆび》をそろえて、顔の前で左右に振《ふ》った。

「おい、おい！　しっかりしろよ。何、ぼけっとしてるんだ。おばばに会いにいくんだろ！」

安奈《あんな》は顔を上げて太郎を見た。

太郎ははっきりと見える。しっかりと姿形《すがた》がわかった。目が大きく丸く、その上の眉毛《まゆげ》は一文字。鼻《はな》と口は形よく、優《やさ》しい感《かん》じだ。

不安《ふあん》げな安奈の様子に、

「大丈夫《だいじょうぶ》！　安奈。赤い蛍《ほたる》はきっと見つかるよ！」

と言うと、洋服《ようふく》ダンスに似《に》たボックスを指さした。そして、

「ちょっと着替《きが》えるからな」

太郎は白いうすい半袖《はんそで》シャツの上に、皮《かわ》のジャンパーを羽織《はお》った冬仕様《ふゆしよう》のいでたちである。中に入っていく太郎の姿《すがた》が見え、入ったかと思うと、あっという間

にジャンパーからチョッキに変《か》わった。

「わあ！　すごーい！」

「お前も調節《ちょうせつ》してもらえ」

安奈も、太郎と入《い》れ替《か》わりに透明《とうめい》のボックスに入った。

中に入ると、いいにおいがする。春の野原に寝《ね》そべっているようないい気分になった。

肩《かた》が軽《かる》くなった思いがすると、どこからか、

「色をお選《えら》びください」

と、女の人の澄《す》んだ声がした。

無数《むすう》の色が周《まわ》りを囲《かこ》んでいる。安奈はブルーの列《れつ》のひとつを選んだ。

すぐに「外に出ても楽しめるあなたの服《ふく》です」の声。

外に出ると、ボックス自体が鏡《かがみ》になっている。

どこに立っても自分の姿が写《うつ》った。

「ええー」

安奈が変《へん》な声を上げたのも当然《とうぜん》だ。今までの安奈の着る服装《ふくそう》からとうてい想像《そうぞう》

できないものだった。

幅広《はばひろ》のふわっとした長袖《ながそで》のシャツ。白地に紺色《こんいろ》の小さなクローバーがちりばめられた模様《もよう》。さらにあわいブルーのスカートをはいていた。しかも三段《だん》になったフリル付《つ》きである。

安奈《あんな》の変身《へんしん》ぶりに、太郎《たろう》は嬉《うれ》しそうだ。

「客人《きゃくじん》だから、脱鬼《だき》もがんばってつくったんだろうな」

と、わけのわからないことを言う。

太郎《たろう》は満足《まんぞく》げに、

「なかなか似合《にあ》ってるぞ！」

と言った。

安奈は今まで着《き》たこともない服装《ふくそう》に落《お》ち着《つ》かなくて、両手《りょうて》でスカートの裾《すそ》を触《さわ》ってみたり、シャツの模様《もよう》のクローバーをつついたりした。だが、一、二、三歩歩くと、まるで空気をまとっているように軽《かる》く、そのくせ少しも寒《さむ》くも暑《あつ》くもない。

快適《かいてき》な服であることがわかった。

「安奈、走るぞー」

「オッケー」

ふたりは春の花の咲《さ》く道を「鬼臣《きしん》のおばば」の御殿《ごてん》に向《む》かって勢《いきお》いよく走りだした。

第三章　鬼臣《きしん》のおばば

一

あたりにはもう雪がない。

地面《じめん》には緑の葉《は》が芽吹《めぶ》き、木々を渡《わた》る小鳥の声もにぎやかだ。どの木にも太陽がいっぱい届《とど》いている。

木と木の間をすりぬけるように、太郎《たろう》は速足《はやあし》で歩く。上《のぼ》り坂《ざか》の道を安奈《あんな》は遅《おく》れないように必死《ひっし》で追《お》った。

しばらくして、ふたりは小さな広場に出た。

「みどり――、きれいだあ……」

安奈はぴょんぴょんとその場で小さなジャンプをする。その間に、太郎が広場を横切《よこぎ》り、先の幅広石段《はばひろいしだん》を駆《か》け上《あ》がった。そして振《ふ》りむいて安奈を招《まね》く。

安奈も急《いそ》いで広場を横切り、石段を二段飛《と》びで駆け上がった。

「わあー、すごーい！」

目の前に壮大《そうだい》な芝生《しばふ》広場が現《あらわ》れた。芝生を囲《かこ》むようにして、左右に長い廊下《ろうか》が続《つづ》く。廊下には立派《りっぱ》な瓦《かわら》の屋根があり、朱色《しゅいろ》の柱《はしら》が等間隔《とうかんかく》で並《なら》んでいた。

廊下の先を指《ゆび》さして、安奈はまた大きくジャンプした。

「わあー、御殿《ごてん》やー」

安奈の声に、

「そうさ、御殿さ、おばば御殿って呼《よ》んでるんだから」

と、太郎。

遠目に太い柱が何本も立っているのがわかる。柱と柱の間にあわい紫色《むらさきいろ》の旗《はた》のような幾枚《いくまい》もの布が風にゆれていた。

その上になだらかな稜線《りょうせん》を引いた大屋根がそびえ、きらびやかな御殿を風格《ふうかく》のあるものにしている。

安奈を待《ま》ってしばらく立ち止まっていた太郎。「行くぞ！」というと、靴《くつ》のまま左側《ひだりがわ》の廊下にとびうつった。

ぴょん！

安奈《あんな》も後につく。

板敷《いたじ》きなのだが、その板がまるで大理石のように硬《かた》い。

周《まわ》りには誰《だれ》もいない。安奈は身体《からだ》を左右に動《うご》かし、いい気分で廊下《ろうか》の手すりをぽんぽんたたいて歩いた。

とたん、太郎《たろう》の声が飛《と》んできた。

「おい！　ここはおばばの屋敷《やしき》だ。脱鬼《だき》が飛び出てきて、お前を追《お》い返《かえ》すことになるぞ！」

「え？　あの優《やさ》しい人が？」

「違《ちが》う！　ここの脱鬼のことだよ。脱鬼はいっぱいいるんだ」

「ええ？　そうなの？」

安奈の足は止まったが、太郎はどんどん先を行く。

「待《ま》ってー」

安奈は後を追う。

丸い柱《はしら》が等間隔《とうかんかく》で続《つづ》いていた。朱色《しゅいろ》が塗《ぬ》られていて、柱のぐるりに大きなひし形の金の飾《かざ》りがかかっていた。

廊下《ろうか》は左から右へと弧《こ》を描《えが》いて続いている。左側《ひだりがわ》は木々におおわれていて先は見えないが、右の芝生《しばふ》が途中《とちゅう》から白い砂利《じゃり》の広場に変《か》わった。

その先が御殿《ごてん》の玄関口《げんかんぐち》だった。

広い幅《はば》の板の廊下も両側《りょうがわ》の手すりも何本も並《なら》ぶ朱色の大きな丸い柱も、まるで今建《た》てられたばかりのような光沢《こうたく》を放《はな》っていた。

ちりひとつなく、いや、ほこりひとつない世界《せかい》だ。

周《まわ》りの景色《けしき》の美《うつく》しさや珍《めずら》しさだけではなく、このほこりひとつない世界に、安奈は立ちつくす。

「太郎。どこもかしこもぴっかぴか。すごーい……」

太郎はぴくっと形の良《よ》い鼻《はな》を動《うご》かす。

「安奈。そうさ。すごい脱鬼がいるからなんだ。ここにはおれの家よりももっと優秀《ゆうしゅう》な脱鬼がいるからだよ」

「ふうん……また脱鬼なんだ……」

この時、突然《とつぜん》、安奈の心に学校での思い出がよみがえった。放課後《ほうかご》の掃除当番《そうじとうばん》は嫌《きら》いだった。やりたくないけれどやらないといけないからと思い、果《は》たしてきた。

ここでは、なんて楽なんだ。やりたくないことはみんな脱鬼《だき》がやってくれる。

「なんで？　脱鬼はいややないのかなあ……」

「おれにもわからないけれど、脱鬼は一生懸命《いっしょうけんめい》楽しんでやってるよ。まあ、さぼると、すぐに血《ち》を吸《す》われるからな」

「え？　血を吸われるの？」

太郎《たろう》は「へへッ」と変《へん》な笑《わら》い方《かた》をして、なんでもないというふうにぷっと横《よこ》を向《む》いた。そして「安奈《あんな》！　それより、ほら、赤い蛍《ほたる》が飛《と》んでるかもしれんぞ」といって、右のほうを指《ゆび》さした。

安奈は廊下《ろうか》の荘厳《そうごん》さに目をうばわれていて、右手の景色《けしき》をしっかり見ていなかったのだ。

「わあー」

右一帯《いったい》は小学校の運動場《うんどうじょう》の何倍《ばい》もある広場が広がっていた。御殿《ごてん》の前からしばらくは砂利《じゃり》が敷《し》かれ、それから後ろは色鮮《あざ》やかな緑の芝生《しばふ》におおわれていた。

安奈はむしょうに広場に入ってみたくなった。

太郎もそうらしい。

ふたりは、廊下のつきあたりに下へおりる石段《いしだん》を見つけ、駆《か》けおりた。

砂利の上に立つ。

安奈はまた気になりだした。

――どうして誰《だれ》もいないの？

柔《やわら》かな日差《ひざ》しを受《う》けて、遠くに小鳥の声が聞こえる。

小鳥のさえずりと一緒《いっしょ》に甘《あま》い香《かお》りが風に乗《の》ってやってくる。

――こんなに素敵《すてき》なところに、誰も人がいないってどうして？

「ねえ、なんで誰もいないいん？　こんなに広かったら、みんなで思いっきり、走りまわれる。ドッジボールもサッカーも野球《やきゅう》もできる」

「ここでは野球もサッカーもしないさ。みんな知ってるけどしないのさ」

「なんでえ？」

「嫌《きら》いなんだよ。一緒に協力《きょうりょく》するってことが大嫌いなんだ」

「ええー、そんなん、あかんと思うよ」

「お前はみんなといるのが好《す》きなのか……」

太郎《たろう》は変《へん》な顔をした。太くまっすぐだった眉毛《まゆげ》が八の字になる。

安奈《あんな》も眉をひそめて、弟《おとうと》をさとすように言う。

「みんなで協力《きょうりょく》するって大事《だいじ》なんよ。太郎、協力してひとつのことができた時って、すごうすごう楽しいんよ」

とたんに、音楽会で優勝《ゆうしょう》した時のあの湧《わ》き上《あ》がってくる嬉《うれ》しさを思い出したのだ。「優秀賞《ゆうしゅうしょう》は五年生のみなさんです」との発表を聞いて、全員《ぜんいん》が飛《と》び上《あ》がって喜《よろこ》んだ。その一瞬《いっしゅん》だけが鮮明《せんめい》に思い出された。

太郎はまた眉をもとに戻《もど》すときっぱりと言《い》い放《はな》つ。

「けど、ここではそんな面倒《めんどう》くさいことはしないさ。何か自分にしかできないことをもっていればそれで十分楽しめるんだ。それに……」

太郎はぐっと口をつぐんだ。

「何なのよ？」

「ふん、何でもない！」

「変《へん》なの！」

安奈は一瞬《いっしゅん》のあの音楽会での喜びをかみしめるように、砂利道《じゃりみち》でスキップした。だが、スキップをしながら砂利の広場を抜《ぬ》けた頃《ころ》にはもうなんで喜んでいたのか思い出せなくなっていた。

太郎が後ろから走って追《お》い越《こ》し、芝生《しばふ》の上に勢《いきお》いよく飛《と》び込《こ》むと、ごろりと寝《ね》転《ころ》がった。

安奈もまねて芝生に飛び込んだ。どこも痛《いた》くないし、まるでふざけて飛び込んだベッドの上のような感触《かんしょく》だった。

「きっもちいいー」

と叫《さけ》んでいる安奈の背中《せなか》を、暖《あたた》かく優《やさ》しい春の光がおおっている。

風は安奈の髪《かみ》だけでなく、両袖《りょうそで》をちょうちんのようにふくれあがらせる。草地にうつ伏《ぶ》せになっていた身体《からだ》をあわててもとに戻《もど》すと起《お》き上《あ》がった。とたん、安奈の頭の中まで、突風《とっぷう》が吹《ふ》いたようになった。

――何？　どうなってるの？

なんの前触《まえぶ》れ、音もにおいも人の気配《けはい》もなかった。というのに、五、六歩先に美《うつく》しい女の人が立っていた！

――天女《てんにょ》……。

ふっくらとした面《おもて》にゆるやかにカーブを描《えが》いた細い眉毛《まゆげ》、その下に切れ長の涼《すず》しそうな目、鼻筋《はなすじ》が通り、今にも話しだしそうな口は鮮《あざ》やかな紅色《べにいろ》をしていた。

天女のような人が、安奈《あんな》のほうをじっと見つめていた。

光沢《こうたく》のある絹《きぬ》のロングドレスに身《み》を包《つつ》み、上から幾重《いくえ》にも白や黄色や桃色《ももいろ》の透《す》けたショールを羽織《はお》っている。

女の人は優雅《ゆうが》に舞《ま》いはじめた。

どこからか、
ひゅうひゅう
ひゅるる　るるー
笛《ふえ》の音が聞こえる。

――なんてきれいな音なんだろう……。

美しい調べは安奈の心をつかんではなさない。

安奈はあたりをきょろきょろと見回すが、舞姫《まいひめ》と太郎《たろう》以外《いがい》には誰《だれ》もいない。

太郎が言った。

「鬼臣《きしん》の舞姫だよ。客人《きゃくじん》のお前に挨拶《あいさつ》してるんだ」

「……」

言葉《ことば》にならなくて、その場にぼーと立っている安奈である。

太郎は、

「あの舞いに、近くの森の木や生《い》き物《もの》たちがあいづちをうっているんだ……」

「あいづち？」

「そうだ。笛……、あ、太鼓《たいこ》の音も……」

曲《きょく》のアクセントのようにトトン、トトンと小太鼓がなった。森の中の木々や生《い》き物《もの》たちがエールを送《おく》っているようだ。やがて女の人は大きく手を広げると、カーテンコールを受《う》ける歌姫のような格好《かっこう》でおじぎをした。

太郎が女の人に向《む》かって言った。

「舞姫、ありがとう。客人も大喜《おおよろこ》びだ」

舞姫は答えるようににこっと笑《わら》うと、森の中に消《き》えていった。

二

うっとりとして舞姫《まいひめ》を見送《みおく》る安奈《あんな》の耳に、

ドドー、ドドー

ノッシ、ノッシ！

ドドン、ドドン！

地鳴りのような音が聞こえてきた。

後ろのほうが何か騒《さわ》がしい。

安奈が機械仕掛《きかいじか》けの人形のようにぎこちなく振《ふ》りむいた。

「わあああ」

あわてて太郎《たろう》の後ろに隠《かく》れる。

「何なの？　あの人たち！」

奇妙《きみょう》な姿《すがた》の人たちが御殿《ごてん》の開《ひら》かれた扉《とびら》から出てきたのだ。

まるで祭《まつり》に出かける妖怪《ようかい》たちだ。怖《こわ》いというのではなく、いつも見る人たちとは明らかに変《か》わっている。顔が身体《からだ》の半分を占《し》めている人や、背《せ》の高さがみんなの倍《ばい》もある人や、力士のように太っている人。笑《わら》っている顔、怒《おこ》っている顔、泣《な》き顔《がお》やいつもくしゃみをしているような顔など、どこかに特徴《とくちょう》のある人たちばかりだ。

呆気《あっけ》にとられて声も出ない安奈の耳もとで、太郎が突然《とつぜん》、大声を出した。

「鬼臣《きしん》のおばばだあー」

太郎は、砂利《じゃり》の広場に向《む》かって走りだした。

「おばばあー、客人《きゃくじん》を連《つ》れてきたぞー」

やってくるのは大男。後に続《つづ》く者《もの》の三、四人が隠《かく》れてしまうほどのでっかい身体だ。一歩足を進《すす》めるたびに、

ドドン

ドドン

地鳴りがする。

「あのでっかい人がおばばなん？」

「違《ちが》う、違う。左肩《ひだりかた》に乗《の》ってる人、見えるだろ……。あれが鬼臣のおばばなんだ」

大男が芝生《しばふ》の手前で膝《ひざ》を折《お》って座《すわ》った。とたん、安奈の目にもしっかり見るこ

とができた。

「あ、ほんとだ……。おばあさんがいる」

おばあさんが大男の差《さ》し出《だ》した右腕《みぎうで》を足場にして、ふたりの前に飛《と》び降《お》りた。

華《はな》やいだ若者《わかもの》のような声が響《ひび》く。

「太郎《たろう》！　ひさしぶりじゃのう」

安奈《あんな》は声の主《ぬし》をまじまじと見た。

一瞬《いっしゅん》、昔話《むかしばなし》に出てくるおばあさんを思い出す。安奈のおばあちゃんよりもずっと年寄《としよ》りだ。その人が安奈の目の前に立った。

髪《かみ》の毛《け》は真《ま》っ白《しろ》。額《ひたい》の上でふたつに分けられ、後ろでぎゅっと結《むす》んでいた。腰《こし》にまで伸《の》びた長い髪は先になるほど細くたよりなげになっている。眉毛《まゆげ》さえも白い。鼻《はな》は大きく立派《りっぱ》で、口はもっと大きくて真《ま》っ赤《か》な唇《くちびる》をしている。笑《わら》うと、白い歯《は》がしっかりと見えた。

おばばは奇妙《きみょう》な服《ふく》を着《き》ていた。白いワンピースの上に光沢《こうたく》のある白い着物《きもの》を羽《は》織《お》っている。襟《えり》や袖《そで》の先には美《うつく》しいふちどりがあった。濃紺《のうこん》の地に銀の星がちりばめられている。

白い丸い玉を連《つら》ねた首飾《くびかざ》りをしていた。胸《むね》の上で、大きな青い勾玉《まがたま》が揺《ゆ》れる。そして安奈《あんな》の目をくぎづけにしたのは、腰《こし》にしている朱《しゅ》の帯《おび》だ。その帯の先がだらんと足もとにまで垂《た》れていて、時々蝶《ちょう》のようにひらひらと舞《ま》った。

安奈ははっと、大事《だいじ》なことを思い出した。

「あ、赤い蛍《ほたる》?」

――自分は今赤い蛍を探《さが》していたのだった!

太郎は安奈を指《ゆび》さして言った。

「おばば、こいつは赤い蛍を探して、鬼臣村《きしんむら》にやってきたんだ! おれ、見つけてやりたいんだ! おばばならいろいろ知っているだろう」

「ほう、それはごくろうさんだな。じゃ、みんなに聞いてみようかね」

言うが早いが、おばばの周《まわ》りにいた人たちははしゃぎだす。

太郎は右手を大きく広げた。安奈に向《む》かって、

「この者《もの》たちはみんな、鬼臣村の優秀《ゆうしゅう》な者《もの》たちなんだ。赤い蛍を知ってるかもしれないよ」

と言った。

奇妙《きみょう》なのは姿《すがた》、かたちだけではなかった。そのいでたちも面白《おもしろ》い。

――この人たち……昔《むかし》の人？

みんな変《へん》な履物《はきもの》をはいている。安奈のようにスニーカーをはいている者《もの》は誰《だれ》もいない。下駄《げた》、ぞうり、わらじ、裸足《はだし》の者《もの》もいる。

――なんで？

着《き》ている服《ふく》も変《へん》だった。古い時代《じだい》を描《えが》いた絵本やアニメや映画《えいが》に出てくるような衣装《いしょう》をつけていた。

周《まわ》りではまたにぎやかな声が飛《と》びかっている。

さっきまでおばばを肩《かた》にのせていた大男が大きな声を出した。

奇妙な節回《ふしまわ》しの声だ。

「やあ、やあ、客人《きゃくじん》――、われは赤い蛍を見たことがござらぬがあー……」

「見ていない」というのに、安奈に向《む》かってとうとうとしゃべりだした。

「さあ、客人！　きいてくれえー……」

腰《こし》にぶらさげている刀《かたな》が激《はげ》しく揺《ゆ》れている。

「われこそはあー、鬼臣きっての力持《ちからも》ちいー、今ここで、客人に披露《ひろう》するものなりぃー」

まるで黒いひょうたんが両耳にくっついているような髪型《かみがた》だ。あわい水色のふわっとした上着《うわぎ》に、だぶだぶのズボン。裾《すそ》がくくられていて、中に空気が入ってふくれている。

目が鋭《するど》く眉毛《まゆげ》が墨《すみ》で描《えが》いたように整《ととの》っている。

大男のろうろうとした声が流《なが》れる。

「わしはあー、時の帝《みかど》に従《したが》って、あちこちで戦《たたか》ってきたのであーるうー。いつも勝利《しょうり》はわがうちにあったのであーるうー。なにせわしは天下一の力持《ちからも》ち！」

大男は、
ノッシ
ドドン
安奈《あんな》の前を通《とお》り抜《ぬ》け、広場の真《ま》ん中《なか》に立った。

「さあ、さあ、みんなあー、かかってこい！　一度《ど》にだ！　ここにいるもの一度にだあ。われこそはあー、鬼臣《きしん》きっての力持ちぃー……」

とたんに、

「わー」

歓声《かんせい》が上がった。

おばばの後についていた者《もの》たち、誰《だれ》もが大男に突進《とっしん》していく。

「わあー」

安奈をよけて走っていく。

安奈はみんなの顔が笑《わら》っているように思えた。実際《じっさい》、突進していって、すぐにはねとばされた。はねとばされた者たちは芝生《しばふ》の上に寝転《ねころ》がって、
キャキャキャ
キャキャキャ
大笑いをしているのだ。

笑っているみんなよりも高い声で、大男が叫《さけ》ぶ。

「どうじゃ！　わしの力にかなう者はなかった！　わしは鬼臣きっての力持ちいー」

この大男だけではなく、芝生の広場いっぱいに散《ち》らされた者たちは自分の得意《とくい》技《わざ》を披露《ひろう》して喜《よろこ》んでいる。太郎《たろう》も鬼臣のおばばも、安奈のそばからいなくなって

いた。
あちこちに上がる黒い煙《けむり》や炎《ほのお》の中で、飛《と》びかい走りまわる者《もの》たち。あまりの騒《さわ》がしさに、安奈《あんな》はだんだん考えることがおっくうになってきた。頭の中が真《ま》っ白《しろ》で何も浮《う》かんでこない。安奈はその場に座《すわ》り込《こ》んでしまった。
安奈は周《まわ》りにある乾《かわ》いた白い砂《すな》を両手《りょうて》ですくう。そしてゆっくりと地面《じめん》に戻《もど》した。
——いったい、わたしはどこへ来てしまったのだろう。
白い砂をすくって、地面に落《お》とす。
ササササー
いい音がする。
ササササ
サラサラー
ヒュウウルルルー
「え？」

砂《すな》の音に混《ま》じって心地よい澄《す》んだ音が聞こえてきた。

顔を上げると、目の前に太郎《たろう》が立っていた。

たくさんの技《わざ》を披露《ひろう》する者《もの》たちの姿《すがた》が芝生《しばふ》の先に見える門扉《もんぴ》へと流《なが》れていく。

安奈は機械仕掛《きかいじか》けの人形のようにピョンと立ち上がった。

「太郎！　あの人たち、何なの？」

安奈はうわずった声で太郎に問《と》う。頼《たよ》れるのは太郎だけだ。

「ねえ、あの人たち、どこから来たの？　ずっとずっと昔《むかし》の人みたい……」

「ああ、そうだよ。もう千年以上《いじょう》かな……」

「えええー、そんなあ……」

太郎はけろっとした顔で話《はな》しつづける。

「二千年、生きている者もいるよ」

「二千年も？」

「そうだよ、安奈。鬼臣《きしん》のおばばもきっとそれくらいは生きている……。ここにいる人はすごい特技《とくぎ》をもって生きる優秀《ゆうしゅう》な鬼臣だからな。鬼臣の村では特技をもつことで生《い》きつづけられるんだよ」

もう騒《さわ》がしい音も美《うつく》しい音色も聞こえない。周《まわ》りを見わたすと、いつの間にか新しい人と入《い》れ替《か》わっていた。絵を描《えが》いている人、口をパクパクさせている人、アクロバットのように身体《からだ》をくるくる動《うご》かしている人、身動《みうご》きしないでじっと座《すわ》っている人など、まちまちの姿が目に入った。

太郎《たろう》は、ひとりひとりの名前を呪文《じゅもん》のように並《なら》べたてた。

「絵《え》描《か》き名人、早口言葉《ことば》名人、水もぐり名人、紐使《ひもつか》い名人、弓使い名人、火起《ひお》こし名人、粘土《ねんど》こね名人……」

誰《だれ》もが自分の特技《とくぎ》を無心《むしん》になって表現《ひょうげん》している。

「なんか、すごい……」

「だろう……。もしかしたら、あの中の誰かが『赤い蛍《ほたる》』を作り出すかもしれないぞ」

一瞬《いっしゅん》、安奈《あんな》は忘《わす》れかけていた赤い蛍のことを思い出した。

——そうだった！　私がここにいるのは、赤い蛍を見つけるためだったのだ！

「わたし、赤い蛍、探《さが》してみる！」

安奈が歩きだし、太郎も後についた。

名人たちは無心《むしん》になって自分の言いたい事《こと》を言い、動《うご》きたいように動き、技《わざ》を磨《みが》くことを楽しんでいるようだ。安奈は彼らの後ろになったり、前になったりして、広場を歩きまわった。「赤い蛍」を誰《だれ》も作ってはいなかったし、見つけることもできなかったが、ふっと自分と比《くら》べていた。

「みんな、すごう楽しそう……。わたしの楽しい事って、何やろ？　一輪車乗《いちりんしゃの》り？サッカー？　算数？　歌？」

――ああ、わからん！

ふううと大きく息を吸《す》い、息を吐《は》きだした。

とたんに、

「あれ？」

と思うことが出てきた。

――太郎だって鬼臣《きしん》の住民《じゅうみん》。いつも偉《えら》そうに鬼臣家の鬼臣太郎と言っている。とすると……、何かすごい技《わざ》をもってるんじゃないか？　赤い蛍を知らないと言っても、赤い蛍と関係《かんけい》がなくっても……。ああ、見てみたい！

「太郎！　太郎！　太郎も何か特技があるのでしょ！」

と、問《と》うてみた。太郎《たろう》は目を細め、大きく首を動かして言った。

「当ったり前だ。おれは鬼臣村《きしんむら》の……」

「わかってるって！　鬼臣村の鬼臣家の鬼臣太郎さん！　何が得意《とくい》なんですか？」

とたんに、太郎はかがみこむと、右の手の平《ひら》にすっぽり入る石を拾《ひろ》った。

「見てろよ！」

太郎は空を見上げる。

青い空のあちこちに、綿菓子《わたがし》のような雲がいくつも浮《う》かんでいた。

太郎は石を持《も》っている右手を、肩《かた》を軸《じく》にしてぐるぐる回す。

「わあー、すごーい。まるで風車みたい……」

右腕《みぎうで》が右肩《みぎかた》の上で風車のように回っている。テレビでも映画《えいが》でも見たこともない特技《とくぎ》だ。安奈《あんな》は言葉《ことば》も出ない。だがそれはほんのはじめの驚《おどろ》きだった。

右腕が空に向《む》かって真《ま》っすぐになった時、握《にぎ》っていた手の平《ひら》が開いた。とたんにさっき拾った石がすごい勢《いきお》いで飛《と》び出《だ》したのだ。

石はひとつの丸い綿菓子《わたがし》のような雲に当たった。石は雲に隠《かく》れ、出てくると次の雲に隠れ、また出てくる。何度《なんど》かくりかえした後、ちゃんと太郎《たろう》の足もとにポトンと落《お》ちた。

何をしたのだろう？

落ちた石を不思議《ふしぎ》そうに見ていた安奈。

頭の上で、太郎の声がする。

「ほうら、これがおれの特技だ」

顔を上げる。

太郎が空を指《ゆび》さしていた。

「見てくれ！　安奈、おれの特技だあ」

「わあああ……」

——どうしてこうなるの？

青い空にたくさんのひまわりの花が咲《さ》いている。しっかりとオレンジ色を帯《お》びて、輝《かがや》く大輪《たいりん》のひまわりが大空をおおっていた。

「おれは大空に絵をかけるんだ」

「すごーい」

安奈《あんな》はじっと空を見つめる。だんだんとひまわりの花の形が崩《くず》れて、それでも日の光を受《う》けてところどころにオレンジの光線を残《のこ》していた。

安奈がこんなに驚《おどろ》き感心《かんしん》しているのに、他《ほか》の人たちは自分の特技《とくぎ》に夢中《むちゅう》になっている。

おばばが近づいてきて言った。

「一段《だん》と腕《うで》を上げたようだな、太郎《たろう》！」

「ああ、おれも客人《きゃくじん》に見せたいからな」

おばばは今度《こんど》は安奈のほうを向《む》くと言った。

「探《さが》している赤い蛍《ほたる》はいなかったようだな」

「はい。けど……、すごう楽しかったです。ありがとうございました！」

安奈は深《ふか》くおじぎをした。

帰る間際《まぎわ》、おばばが言った。

「まだまだ鬼臣村《きしんむら》は広いからな。そうだ、太郎、洞窟《どうくつ》は探してみたかい？」

太郎は答えた。

「明日《あす》、出かけるつもりです」

三

その日、ふたりがまっすぐ家に帰ったのではなかった。

長い廊下《ろうか》から木々の間を抜《ぬ》け、エレベーターのある建物《たてもの》の前に来た。建物の両《りょう》側《がわ》に三、四個《こ》の岩が並《なら》び、岩と岩の間に数十センチほどの隙間《すきま》がある。

太郎がその前で立ち止まって言ったのだ。

「おれ、ちょっと寄《よ》り道《みち》する……」

さっきから無口《むくち》になっていて、そのうえ何となく歩く速度《そくど》が遅《おそ》くなっていた。

安奈はとっさに言う。

「え？　まだ寄り道するの？」

早く家に帰って休めばいいのにと思っていたからだ。

さっきも、「特技をするとエネルギーを使うんだ……」とつぶやいていた太郎である。

安奈だって一生懸命《いっしょうけんめい》、漢字《かんじ》を覚《おぼ》えたり、運動会《うんどうかい》や音楽会でがんばるとすごく疲《つか》れた。

そんな時は早く家に帰ってリラックスしたいものだ。

「はよ、家に帰ろうよ」

「いや、ちょっと寄《よ》り道《みち》して、元気をもらってくる」

「どういうこと？　わたしも行くの？」

「あは！　それは無理だな。おまえにはついてこれない」

「ええー」

太郎《たろう》はもう岩の隙間《すきま》にもぐりこんでしまった。

「待《ま》ってよー」

ついてこれないといってもついていくしかない。帰る道がわからないのだから。

安奈《あんな》は同じように身体《からだ》を岩肌《いわはだ》にごつごつこすりながら隙間をくぐりぬけた。

ほんの五、六歩進《すす》むと、隙間を通《とお》り抜《ぬ》けて広場に出た。

太郎が待《ま》っていた。

「安奈はここで待っとけ。すぐに戻《もど》ってくる」

あっという間に後ろの岩間に消《き》えてしまった。

目の前に、スミレやタンポポやつくしなどがとぎれることなく続《つづ》いている春の原っぱがあった。一回、寝《ね》っころがって空を見、タンポポを五、六本摘《つ》んだ。たったそれだけで、もう後ろから太郎《たろう》の声がした。

「帰るぞー」

安奈は不服《ふふく》そうな顔で、太郎を見た。

太郎は、さっきとはまるで違《ちが》って、生き生きとしていた。顔は生気に溢《あふ》れ輝《かがや》いている。そして、口周《くちまわ》りが、女の人が口紅《くちべに》をまちがえてつけたように赤かった。

「何？　それ」

太郎はあわてて舌《した》を出してぺろぺろなめた。

「急《いそ》ぐぞ。腹《はら》が減《へ》ってきたからな」

と言ってきびすを返《かえ》し、また狭《せま》い隙間を通り、建物《たてもの》に入り、見覚《みおぼ》えのあるエレベーターに乗《の》った。

家に戻《もど》ると、すぐに夕食になった。

奥《おく》まった部屋《へや》の食堂《しょくどう》の大きなテーブルの席《せき》に着《つ》いた時、安奈は、自分が今まで何も食べていないことに初《はじ》めて気がついた。そして空腹《くうふく》を感《かん》じることなく、元気に動《うご》けていたことが不思議《ふしぎ》でたまらない。

横の席《せき》の太郎《たろう》が答える。

「そりゃそうだよ。一日のエネルギーを計算してくれているんだ」

「あの脱鬼《だき》が？」

「ああ、この家のいっさいの世話《せわ》をまかしているのさ。すごいだろ！」

今日《きょう》のディナーはまるでフランス料理《りょうり》のフルコースだ。

安奈《あんな》は慣《な》れているお箸《はし》を使ってどんどんたいらげていく。安奈は食べながら、
さっきの野原でもっといたかったのにと言うと、太郎があっけらかんと言う。

「なんだ、あんなちっぽけな野原がそんなにいいっていうんか？　明日《あす》行く洞窟《どうくつ》
にはもっといっぱい、花畑《はなばたけ》があるぞ」

「え！　もっとたくさんお花が咲《さ》いているところがあるっていうん？」

太郎は得意《とくい》げにあごをつきだし、「そうさ。ここは鬼臣村《きしんむら》だからな」と言った。

安奈は豪華《ごうか》な夕食をとり、自分の部屋《へや》に戻った。今、自分の部屋としているの
は、鬼《おに》の掛《か》け軸《じく》の部屋だけではない。洋間もあり、寝心地《ねごこち》の良《よ》いベッドといいに

おいのする勉強机《べんきょうづくえ》もあった。どこか懐《なつ》かしい気がするが、もう安奈にはそこがどこに似《に》ているのかは思い出せない。

自分の家もお父さんもお母さんも姉や弟《おとうと》も安奈の頭にはもう浮《う》かんでこなかった。

安奈は脱鬼にかしずかれ、ゆっくりお風呂《ふろ》に入り、ベッドにもぐりこむと、すぐに深《ふか》い眠《ねむ》りについた。

第四章　洞窟探検《どうくつたんけん》

一

朝食が済《す》むと、

「さあ、洞窟《どうくつ》の面白《おもしろ》いところへ案内《あんない》するか！」

と言って、太郎《たろう》は立ち上がった。

食堂《しょくどう》を出て、もうすっかり慣《な》れた通路《つうろ》に出た時、安奈《あんな》は周《まわ》りがいつもより明るくなっているのに気がついた。あたりをきょろきょろ見ていると、太郎が言った。

「ああ、きっと外はもう夏なんだろう。ちゃんと光が教えてくれている」

「光が？　どこから光が入ってるの？」

光のもとが見えない。通路を歩いているのに、外の世界《せかい》にいるようである。

「おい！　いくぞ」

太郎は「いちいち感心《かんしん》していたらすぐに日が暮《く》れる！」と言うと、勢《いきお》いよく足を速《はや》めた。

ふたりはいくつもの部屋《へや》を通《とお》り過《す》ぎる。部屋ごとに微妙《びみょう》に違《ちが》うドアに気がついた安奈。その中はどうなっているのかと思って歩くので、太郎との距離《きょり》が少しずつ開《ひら》いていった。

「安奈！　何してるんだあ！」

安奈はあわてて駆《か》け出《だ》した。

先に昨日《きのう》と同じ形のエレベーターが見えてきた。鉄《てつ》の帯《おび》がぐるりを囲《かこ》い、両開《りょうびら》きになっている。あちこちに人の顔のようなものがはめこまれた、古い重厚《じゅうこう》な感じの鉄のエレベーターだ。扉《とびら》が開き、中に乗《の》り込《こ》む。

今朝《けさ》はほんの数秒《すうびょう》乗《の》っただけで、エレベーターは止まり、ドアが開いた。

昨日とは違うホールに出た。

落《お》ち着《つ》いたえんじ色のじゅうたんが目に入る。同じ系統《けいとう》のあわい色のソファーと大理石のテーブルが見える。

一瞬《いっしゅん》、安奈はホテルのロビーを思い出した。

一度《ど》だけこのようなじゅうたんの敷《し》かれたホールを歩いた記憶《きおく》がある。叔父《おじ》さんの結婚式《けっこんしき》の時だ。だけど、そこはやたらと人が多かった。きょろきょろしていて、お母さんから頭をこづかれた気がする。

だが、安奈《あんな》が今立っているところには人影《ひとかげ》がない。

不思議《ふしぎ》になって、太郎《たろう》に聞いてみた。

「誰《だれ》もいないの?」

「そうでもないよ。結構兄貴《けっこうあにき》たちや友達《ともだち》も来ているよ。けど顔を合わすことはないさ」

「どうして?」

「優秀《ゆうしゅう》な脱鬼《だき》がいるからね。ちゃんと時間調整《ちょうせい》をしてくれている。知らない同《どう》士《し》が出会わないようにね」

「へえ、そうなの」

「おれたちは優秀、その分脱鬼たちも優秀だからね。なにせおれは鬼臣村《きしんむら》の鬼臣家の……」

とたんに、安奈も言ってしまった。なんだか連鎖反応《れんさはんのう》がくせになってしまったようだ。

「キシンムラの、キシンケの、キシンタロウ！」

太郎は目を細め満足《まんぞく》そうだ。

太郎はもう夏の服装《ふくそう》だった。白の半袖《はんそで》シャツに黄と黒のチェックの半ズボン。それに、今日《きょう》は黄色のスニーカーをはいている。安奈が着《き》ているのは長袖シャツに長ズボンだが、身《み》に着《つ》けているのがわからないほどに軽《かる》くて涼《すず》しかった。

太郎はじろじろと安奈を見てつぶやいた。

「安奈もだんだんこの村に慣《な》れてきたなあ……。気に入ったら、いつまでもここにいればいい！」

安奈は小首をかしげる。

「ここに住《す》む……」

考えもしなかったことだ。

「ここはいいぞ。安奈の願《ねが》うことは何でも思う通りにできる。それが鬼臣のすごいところなんだ。まだまだ、いっぱい面白《おもしろ》いことがあるぞ」

安奈はぐっとあごをつきだし、勢《いきお》いをつけるようにして言った。

「わたし！　赤い蛍《ほたる》のことが気になる！　赤い蛍を探《さが》し出《だ》してから考える！」

安奈《あんな》は何かを打《う》ち消《け》すように言《い》い放《はな》った。というのも、安奈はますます自分の家や家族《かぞく》のことを思い出せなくなっていた。太郎《たろう》の言うようにここに来てからというもの、ワクワクドキドキの連続《れんぞく》だ。脱鬼《だき》の作る食事《しょくじ》もおいしいし、出会った人たちも面白《おもしろ》い。それに心強い案内役《あんないやく》、太郎がいる。

安奈は自分に言い聞かすように、太郎に向《む》かって言った。

「太郎！　わたし、今、すっごう楽しい。けど……、早く赤い蛍を見つけないといけない気がするの……」

太郎がうなずいた。

「そうだったな！　安奈は赤い蛍の正体をつきとめないと、先に進《すす》めないいんだ！」

太郎の足が速《はや》くなった。

広間のぐるりを水玉模様《みずたまもよう》の壁《かべ》がおおっている。どこにも出入りのできそうなドアも空間もない。周《まわ》りが壁ばかりだというのに、太郎は指《ゆび》さして言った。

「洞窟《どうくつ》へは、あのドアから入るといちばん美《うつく》しいところに止まるんだ」

先には壁しかない！　「あのドア」らしいドアはどこにもない。

近づくと、

「ほら、このドアだよ」

と、太郎が言った。

「え！　わああ」

安奈は変《へん》な声を出す。

太郎の指さした一か所《しょ》だけがほんの少し色が濃《こ》くなっている。安奈の目には同じ水玉模様に見えていた。

「ここをポンとたたくと……、開《ひら》くんだ！」

「うっそー」

甲高《かんだか》い声と同時に、壁の一部がパカッと開いた。

「なんで？」

「これもみな優秀《ゆうしゅう》な脱鬼たちがおれたちを助《たす》けてくれているんだ。なにせ、おれは鬼臣村《きしんむら》の鬼臣家の鬼臣太郎！」

「……」

安奈《あんな》はいつものように、一緒《いっしょ》になって言うことができなかった。

――どうしてこうなるの？　脱鬼《だき》って何者《なにもの》なの？　それに鬼臣《きしん》がなんでこんなに楽ができるの？

太郎《たろう》は驚《おどろ》いている安奈を見るのが楽しくて仕方《しかた》がないようだ。

「まだまだびっくりすることがあるぞ」

と言って、カッカカッカ笑《わら》った。

「なんで笑うん？」

安奈のけげんな顔を見て、また太郎がにやっとした。

「とにかく、この先がいちばん新しい洞窟世界《どうくつせかい》だからね」


エレベーターのドアが開《ひら》いた先に、まっすぐな廊下《ろうか》が現《あらわ》れた。

安奈の部屋《へや》からホールまでの廊下と違《ちが》って、数倍《すうばい》も明るい。目を細めないと歩けない。だんだん目が慣《な》れてきた。

左側《ひだりがわ》の壁《かべ》は明るいあわいブルー。

右側の壁がガラス張《ば》りになって、外は白くもやっていた。

太郎が、「おお、このあたりの外は、まだ雪があるんだな」と言った。

廊下は、ふたりが並《なら》んで歩くのに十分な広さだ。

右側の壁のもやったガラスの向《む》こうで何かが動《うご》いた。

安奈が立ち止まる。

「わ、白ウサギ！」

安奈は窓《まど》ガラスにへばりついた。

太郎も安奈のところへよってきた。

安奈が指《ゆび》さしたガラスの向《む》こうに、うさぎが二羽《わ》、楽しそうに追《お》っかけ合《あ》いをしている。水族館《すいぞくかん》で泳《およ》ぐ魚を見るようだ。

だがすぐに安奈は歩かないといけなかった。太郎がどんどん先に行くからだ。

歩くたびに、少しずつ緑が見えるようになった。ガラス戸の外で雪解《ゆきど》けが始まっているのだ。

先を行く太郎が立ち止まった。

「春になってきたなあ」

安奈も足を止める。

さっき見た二羽《わ》の白ウサギが安奈《あんな》たちを追《お》ってきていた。二羽ともすこし身体《からだ》が薄茶色《うすちゃいろ》がかっている。

「わ、衣替《ころもが》えするんや！」

「そうだよ。見てごらん。どんどん茶色になっていく」

そのとおりだった。早回しの画像《がぞう》のように二羽はどんどん毛を茶色にしていった。

雪が解《と》け地肌《じはだ》がしっかりと見え、あちこちに草の新芽《しんめ》が現《あらわ》れ、木々に若葉《わかば》がつき、空が青くなっていく。

二羽はさかんに新芽をかじっている。その間にも背中《せなか》の白い部分《ぶぶん》が茶色になり身体全体《ぜんたい》が茶色になった。

「わあ、この子！　チャチャだあ」

安奈は突然《とつぜん》思い出した。

チャチャというのは、安奈が小さい時に大事《だいじ》にしていたぬいぐるみのうさぎである。

小学生になって、ある時、そのぬいぐるみはどこかに行ってしまった。

最近《さいきん》になって、チャチャの行った先がわかった。お母さんが武史《たけし》のおもちゃをゴミ袋《ぶくろ》に入れているのを見たからだ。あの大事なチャチャもきっと同じ運命《うんめい》になったんだ。お母さんに泣《な》きながら抗議《こうぎ》した日のことが、一瞬《いっしゅん》よみがえる。

安奈《あんな》はドキドキしながら、

「チャチャ。よかったあ！　こんなところにいたんだ！」

ガラスの向こうのうさぎが安奈たちのほうに駆《か》けてきた。ものすごい勢《いきお》いで走ってきて、何かに当たってひっくりかえっている。

また立ち上がり、そろりと顔を近づけた。

「あ」

その目がきらきらと赤く光っている。

「赤い蛍《ほたる》？」

だが安奈の見た赤ではない。

安奈は思った

——こんな色やない。もっと全部《ぜんぶ》が真《ま》っ赤《か》やった。

後からまた太郎《たろう》が安奈をせきたてる。

「行くぞ！　洞窟《どうくつ》は広いんだ。いちいち立ち止まっていたら、今日中《きょうじゅう》に戻《もど》ってこれないぞ！」

「太郎！　この先に何があるの？」

「楽しいところ」

「おまえが楽しいって思うところさ？」

「わたしが？」

「そうさ。おまえはおれの客人《きゃくじん》だからな。楽しいと思うところへ連《つ》れていってやりたいのさ」

「そう……、遊園地《ゆうえんち》がいい！　けど、ここって洞窟だよ……」

太郎は右手を大きく振《ふ》って、ついてくるようにと合図をする。安奈は後から追《お》っかけた。

廊下《ろうか》の中はいつの時もまるで春の野を歩いているようなさわやかな風がふいている。

いくらガラスの向こうが雪であっても変《か》わらない。

しばらく歩くとガラスのほうからいいにおいがして、安奈《あんな》はその方向《ほうこう》を見た。

――わあ、レンゲ畑だあ。

右側《みぎがわ》のガラス窓《まど》の外にずっとレンゲ畑が広がっている。

もう安奈は驚《おどろ》かない。この景色《けしき》を映《うつ》して、客人《きゃくじん》の安奈を喜《よろこ》ばせようとしているのだ。

太郎《たろう》がにっこりと笑《わら》う。

「そうさ！　安奈はおれの客人なんだから。なにせおれは……、鬼臣村《きしんむら》の鬼臣家の鬼臣太郎！」

「……キシンムラのキシンケのキシンタロウ！」

安奈も上手に唱和《しょうわ》していた。

ガラスの向こうのレンゲ畑に人の気配《けはい》がする。柔《やわ》らかな日差《ひざ》しの中、花に埋《う》もれるようにして座《すわ》っているふたりの女の子がいた。

「ああちゃん、おねえちゃんと同じようにするんよ」

年上の女の子がレンゲの花を二本持《も》っている。一本の茎《くき》をもう一本の花の下にくるりと回してくくりつけた。また花を摘《つ》むと、さっき重《かさ》なった花の下にくるりとくりつけた。花が三つ、四つと重なっていく。

「わ！　すごい！　あたしも、あたしも」といった妹の女の子。なかなか花の下に茎《くき》を回せない。やっと回しても、ゆるくて重なっていかない。

「どっして？」

「おねえちゃんが作ってやるから、お花を摘《つ》んで」

「いや！　あたしが作るの」

姉の作った花の輪《わ》を取《と》ろうとして、妹が手をのばす。

「あかん、あかん。そんなんしたら、首飾《くびかざ》りできないやろ？」

「あたしがするの！」

その時、小さな女の子の首のあたりに何かが止まった。

「あ、ああちゃん！　じっとしとくの。虫や」

おねえちゃんが持っていた花束《はなたば》で追《お》っぱらう。

「あ！」

記憶《きおく》の中に、このような情景《じょうけい》があったように思う。

――ああ、そうや。おばあちゃんとこへ行った時やった。おねえちゃん、虫、やっつけてくれた！

安奈《あんな》がおねえちゃんのことを思い出したのも一瞬《いっしゅん》だった。

太郎《たろう》にせかされ、安奈はレンゲソウのいいにおいのする廊下《ろうか》をあっという間に通《とお》り抜《ぬ》けた。


右側《みぎがわ》の窓《まど》からちかちかと太陽が肌《はだ》に感《かん》じるようになった。

ちらっと見ると、あたりはひまわり畑《ばたけ》に変《か》わっていた。

「わあ、すごーい。もう夏になってる」

あたりいっぱい、ひまわりが咲《さ》いていた。

横目《よこめ》でひまわりを見ながら、安奈は太郎を追《お》っていく。

と、右側から声が聞こえた。やっぱりガラスの向《む》こうからだ。

「お父さーん」

声がうらがえっている。

まだ幼稚園《ようちえん》に通っているぐらいの女の子だ。

足を止める。

太郎は安奈を置《お》いたまま、すたすた廊下《ろうか》を歩いていく。

見る見るうちに太郎が廊下を回っていってしまった。が、女の子は泣《な》いている。

背丈《せたけ》以上《いじょう》のでっかいひまわりの中に女の子はひとりぼっちだ。

安奈もまた鼻《はな》がひっつくほどに窓《まど》ガラスに近づいた。

「どうしたの？」

相手には全《まった》く聞こえていないようだ。

「お父さーん」

身体《からだ》をぐっと反対側《はんたいがわ》のあわいブルーの壁《かべ》に近づけてみた。全体像《ぜんたいぞう》が手に取《と》るように見える。

――この女の子はひまわり畑《ばたけ》の「ひまわり迷路《めいろ》」の中に入っているのだ……。

「わあ、えらいことや！　この子迷子《まいご》になったんやあ」

女の子の額《ひたい》にてかてかと汗《あせ》が光っている。もうすぐ泣きそうだ。

安奈はその場から離《はな》れられなくなった。

――どうなるんやろう？……。

安奈は女の子をじっと見る。

――あの子は一生懸命《いっしょうけんめい》、出口を探《さが》したんだ。いくら曲《ま》がっても見つからない。自分は一生ここからでられないかもしれないと思ってるだろうな……。

心臓《しんぞう》の鼓動《こどう》が激《はげ》しくなった。

安奈《あんな》もずっと小さかった時こうして、ひまわり畑でかくれんぼをした気がする。みんなとはぐれてしまって、大泣《おおな》きをしたように思う。お父さんが安奈を「大丈夫《だいじょうぶ》、大丈夫」と言って抱《だ》いてくれた。ちくちくとしたひげの感触《かんしょく》が懐《なつ》かしく思い出される。お父さんのあのひげ、ちっともいやだと思わなかったなあ……。

その時、ひげをはやした人が泳《およ》ぐようにして歩いてくる。

「きっとお父さんだ」

だが男の人もまるで迷子《まいご》になったように違《ちが》う道を歩く。ひまわりの群生《ぐんせい》に隠《かく》れて、ふたりにはわからないようだ。

「ああ！　絶対《ぜったい》にあの人はお父さんだ」

安奈はガラスに顔を押《お》し付《つ》けて、

「そっちじゃないってえー」

もっと鼻《はな》がひしゃげるほどに押し付けて、

「ああー、何やってんの」

とつぶやくと、目も唇《くちびる》もガラスにくっつけた。と、顔がいきなりゼリー状《じょう》の中に入ったようになった。ずるずるっと引《ひ》き込《こ》まれる感《かん》じがして、目を開《あ》けておれなくなった。

安奈ははっとした。この暑《あつ》さにもこの日差《ひざ》しにもこのにおいにも覚《おぼ》えがある。ここはもしかしたら、自分のかつて経験《けいけん》したところ、思い出の場所《ばしょ》かもしれないと思った。

あの子に教えないといけない。お父さんと会わせてやらないといけない。お父さん、あんなに一生懸命《いっしょうけんめい》探《さが》している。

あがくようにして先に進《すす》もうとした時、突然《とつぜん》聞《き》き覚《おぼ》えのある声がした。

「安奈！　何やってんだ！　はよ、手を出せ！」

声は後ろからだ。

振《ふ》り返《かえ》ると、ガラスの向《む》こうに太郎《たろう》が立っている。

右手がガラスをつきやぶって、こちらに出ていた！

「安奈！　おまえ！　一生、迷子《まいご》になる気かあ！」

安奈《あんな》は無意識《むいしき》のうちに、太郎《たろう》の手を握《にぎ》っていた。とたんに身体《からだ》がまたゼリーの中を越《こ》えて、あっという間に、通路《つうろ》に戻《もど》ったのだ。

何もなかったように、ガラスの向《む》こうにひまわりが咲《さ》いている。ほんの一瞬《いっしゅん》と思ったが、向こうの景色《けしき》は変《か》わっていた。

女の子がお父さんと手をつないで、ひまわり迷路《めいろ》の出口を出ていくところだった。

「ああ、よかったあ」

太郎は安奈をにらんでいる。

「おまえなあ、人のことよりおまえが危《あぶ》なかったんだぞ。あんなとこで迷子《まいご》になったら、一生、戻《もど》ってこれないぞ！」

安奈はけろっとしていた。あまりにも一瞬のことで、実際《じっさい》にあのガラスを越えて向こうへ行ったとは思えない。だが、背中《せなか》に汗《あせ》をびっしょりかいて、シャツが身体にくっついている。スニーカーには泥のあとがあった。

安奈は太郎に言った。

「このガラスって、どうなってんの？　なんで、向こうに通じてるん？　これって窓《まど》？　鏡《かがみ》？　外とこことはどうなってんの？」

「言ってるだろう。おれには優秀《ゆうしゅう》な脱鬼《だき》がついているんだって。こんな廊下《ろうか》を作ってくれたんだ。安奈が気に入ってくれることばかり、考えてるってことだ！」

と怒《おこ》ったように言った。なんの答にもなっていない。

太郎は何かわからないことがあると、みんな脱鬼のせいにする。

安奈が太郎と話をしている間に、背中の汗も引き、スニーカーの底《そこ》についた土もきれいに落《お》ちた。

ガラスの向こうのことが夢《ゆめ》のように薄《うす》れていく。

だがまた安奈の頭に「脱鬼」という言葉《ことば》が残《のこ》った。

——いったい何者《なにもの》なのだろう。

食堂《しょくどう》で世話《せわ》をしてくれていた優《やさ》しいおねえさん脱鬼や、鬼臣《きしん》のおばばの御殿《ごてん》で働《はたら》いていた脱鬼たち。あの人たち以外《いがい》にも、たくさんの脱鬼が働いていることは確《たし》かだ。

不満気《ふまんげ》な安奈に、太郎はつぶやいた。

「もうおじいさんのおじいさんのそのまたおじいさんの時代《じだい》からいるんだから

……」

そう言うと、声の調子《ちょうし》を変《か》えて、威勢《いせい》の良《よ》い声を出した。廊下《ろうか》の先にエレベーターが見えた。

「あのエレベーターに乗《の》ると、すぐに湖《みずうみ》につくぞ」

「湖？　洞窟《どうくつ》の中に湖があるの？」

「あるよ。地上にあるものはたいてい地下にもある。地下にあるものは地上にもあるってことさ。安奈《あんな》、おまえは何を見ても、何を聞いても不思議《ふしぎ》がる。すばらしい鬼臣《きしん》の客人《きゃくじん》だ！　きっと優秀《ゆうしゅう》な鬼臣村の住人《じゅうにん》になれるよ」

「どうも！　です！」

きゅっとあごをつきだし、気取《きど》って返事《へんじ》をした。そして安奈は、なぜだかわからないがワッと嬉《うれ》しくなった。

――わたしはこの村に合っているのかもしれない。太郎《たろう》も親切だし、いつだってわたしのいうことを聞いてくれる……。

安奈はすっかり太郎に頼《たよ》っている自分を感《かん》じて、苦笑《くしょう》した。

二

安奈と太郎はエレベーターに乗《の》り込《こ》んだ。

エレベーターはどんどん下におりていく。

天井も周《まわ》りの壁《かべ》も落《お》ち着《つ》いたクリーム色で、あちこちに雪の結晶《けっしょう》や水玉模様《みずたまもよう》のように小さな印《しるし》がちりばめられていた。階《かい》や行き先を知らせるサインはないが、安奈にはもうわかっていた。行きたいと思っているところで止まるはずだ。

ほんの数秒《すうびょう》のエレベーターの旅《たび》だった。

エレベーターを出ると、夏の明るい日差《ひざ》しが身体《からだ》を包《つつ》み、すがすがしい風が頬《ほお》をなでる。

目の前に湖《みずうみ》が広がっていた。

平《たい》らな石地の船着《ふなつ》き場《ば》があり、白鳥の形をした白い船が横付《よこづ》けされている。そんなに大きくはないが、もう中には多くの人が乗り込んでいた。紺碧《こんぺき》の湖は遠くまで広がり、周りを緑の木々が囲《かこ》っている。

太郎は安奈を急《いそ》がせた。

「あ、ちょうど出発《しゅっぱつ》するぞ。急《いそ》げ！」

ふたりは桟橋《さんばし》に走る。

こちらから船にかけられた橋《はし》が今にもはずされそうだ。

太郎《たろう》が、「乗《の》りまーす」と大声を出して走っていった。安奈《あんな》も一緒《いっしょ》にぐらぐらと揺《ゆ》れる橋を渡《わた》る。若《わか》い男の人がひとり立っていたが、何も言わないで、船に乗せてくれた。

太郎が切符《きっぷ》を渡《わた》しているふうでもない。安奈は気になっていたが、聞く間もなく、船が動《うご》きだした。

身体《からだ》をくらくらさせて、安奈は白鳥の顔の下、甲板《かんぱん》に出た。

「わあ、すごいすごい」

ここへ来て何度《なんど》この言葉《ことば》を使っただろう。

遠くに雪を頂《いただ》いた峰々《みねみね》が連《つら》なり、そこからなだらかにくだる緑の草原。壮大《そうだい》で息を飲《の》む美《うつく》しさだ。岸《きし》近くに巨大《きょだい》な岩が、奇妙《きみょう》なコントラストをつくっていた。

岩にはぽっかりと穴《あな》が開いている。安奈たちはあの穴から出てきたのだ。

太陽の光を受《う》けて水面《すいめん》がきらきら輝《かがや》き、ふたりを乗せた白鳥の船は進《すす》む。

安奈は船内を見たいと思った。中には五、六組の家族連《かぞくづ》れと若者《わかもの》と年寄《としよ》り夫婦《ふうふ》が乗っていた。みんな、笑《わら》った顔になってしゃべったり、何かを食べたりしていた。

その中で、安奈が気になる家族があった。お父さんとお母さん。そして中学生ぐらいの女の子と小学生で自分と同じぐらいの女の子、そしてまだ小学校には上がっていない男の子の家族だ。

「うちの家族と一緒《いっしょ》や……お父さんとお母さんとおねえちゃんとわたしと弟……」

だが、家族のひとりひとりの顔が浮《う》かんでこない。思い出そうとしても、どうしてもだめだった。

——ああ、もうしんきくさい！　わたしは今、すごう面白《おもしろ》いんやから、これでい い！

白鳥の船は湖を遊覧《ゆうらん》して、向《む》こう岸《ぎし》に着《つ》いた。

船着《ふなつ》き場《ば》から桟橋を越《こ》えると小さな門とその先にテントが並《なら》んでいる。

太郎が遊園地《ゆうえんち》だと言った。

「ええー、これが？」

安奈《あんな》がいつも遊《あそ》ぶ森林公園のほうが立派《りっぱ》だと思えるほどだ。

丸太を二本並《なら》べただけの門。テントも量販店《りょうはんてん》で手に入るものに見える。

だが安奈は思った。

——ここでは、見ただけで面白《おもしろ》くないとは言わないでおこう。

いつも驚《おどろ》かされることが多いのだ。

この時も、門をくぐり一つ目のテントの前で、もう安奈は立ち止まってしまった。

なんの変哲《へんてつ》もない板切れの看板《かんばん》に、「異界洞窟探検《いかいどうくつたんけん》テント」と書いてある。

「なに？　これ……」

「スリリングですごう面白いぞ！」

安奈はさっと右手を上げた。

「入りたい！」

「ああ、いいけど……」

太郎《たろう》が続《つづ》いて言った。

「お前ひとりで楽しんでこい！」

「太郎は？」

「おれは待《ま》ってる」

「ええ、なんでえ？」

「なんで、なんでってうるさいんだ、おまえは！　つまり！　どうしてもだってことだ！」

いつになく苛立《いらだ》った声を出す。

安奈はぷっと口をふくらますと、太郎はぶっきらぼうに言った。

「出てくる頃《ころ》にはここに戻《もど》ってる！　ここにいるから！　はよ、行け！」

ふたりが立ち止まっていると、後ろに人がぞろぞろとやってきた。船で一緒《いっしょ》になった五人連《づ》れの家族《かぞく》だ。

「それ！」

太郎に背中《せなか》を押《お》され、安奈はその家族の中に入った。

安奈は五人家族と一緒にテントに入った。とたんに、異界洞窟探検をすることになったのだ。

中は薄暗《うすぐら》い。そろりそろりと歩く。

歩いている道が桟橋《さんばし》になっていて、岸《きし》に列車《れっしゃ》のようなボートが待っていた。安《あん》奈《な》はその五人組と一緒《いっしょ》に橋を渡《わた》り、ボートに乗《の》ることになった。

ボートは長細く、座席《ざせき》が横《よこ》に三つ並《なら》んで五列《れつ》つらなっていた。

洞窟《どうくつ》の中に川が流《なが》れていて、その流《なが》れに沿《そ》って探検《たんけん》をするようだ。

アナウンスや音楽は聞こえるが誰《だれ》も周《まわ》りにいない。

「早く乗った、乗った！」

男の子のお父さんがせきたてる。

「すぐに出発《しゅっぱつ》だから」

とお母さん。

安奈と女の子二人が前の席《せき》についた。後ろにはお母さんとお父さんと小さな男の子が乗った。たった六人だけの乗客《じょうきゃく》だ。

おねえちゃんは無口《むくち》だったが妹のああちゃんはよくしゃべる子だ。「あんた、真《ま》ん中《なか》にしてやるね」と、安奈に言う。「こわくないからね」と緊張《きんちょう》した声で付《つ》け足《た》した。

どんどんとボートは進《すす》んでいく。

太鼓《たいこ》の音が鳴りはじめると、スポットライトが岸《きし》を照《て》らした。髪《かみ》や衣服《いふく》や靴《くつ》を、カラフルな花で飾《かざ》られた女の人たちが陽気に踊《おど》っている。

そのまま静《しず》かになってなだらかな川をくだっていった。

と、突然《とつぜん》、

「ウオー！」

大きな虎《とら》が二匹《ひき》、岩かげから飛《と》び出《だ》した。見るからにぬいぐるみとわかるものたちだ。

安奈《あんな》もああちゃんもおねえちゃんも身体《からだ》をくっつけあって「あああああ」と大きな声を出し、「あああああ」がすぐに「あはははは」と笑《わら》い声《ごえ》になった。

後ろで男の子が「うわーん」と本当に泣《な》きだした。

「ほんまもんと思ってるんや！」

「あたしら、わかるもんね」

安奈とああちゃんは顔を見合わせてクククとまた笑った。

どんどんと川の流れが急《きゅう》になっていく。

水のざざーという音が大きくなってきた。両側《りょうがわ》の岸がごつごつとした岩に変《か》わってくる。その岩場にスポットライトが当たる。

『地獄滝注意《じごくだきちゅうい》』

左に座《すわ》っているおねえちゃんが、安奈《あんな》の肩《かた》をぎゅっと押《お》して、右に座《すわ》っているああちゃんに大きな声を出す。

「滝があるんだって！」

しばらく行くと、またスポットライトが光る。立札《たてふだ》に『地獄滝まで五〇〇メートル』と書いてある。

「なんて書いてあるの？」

と、ああちゃんが聞く。おねえちゃんが、

「ジゴクダキまで五〇〇メートルだって」

と答えた。

「地獄滝！　こわーいい」

叫《さけ》んでいるああちゃんの目は笑《わら》っていた。

安奈はふたりの間にはさまって、顔をあちこちさせて、一緒《いっしょ》に「こわーい！」

と言う。

どんどんボートの速《はや》さは増《ま》した。

後の三人は固《かた》まって目をつむっている。

スポットライトが当たる。

「地獄滝まで一〇メートル」

その時、ボートがガクッという音とともに一瞬《いっしゅん》止まった。それからゆっくりと動《うご》きだす。今までの速さとの落差《らくさ》に、安奈は先に「地獄滝」があるのだとわかった。

「わあ、滝に落《お》ちる……」

押《お》し殺《ころ》した声のああちゃん。ああちゃんの見開《みひら》いた目が真横《まよこ》にあった。水しぶきが当たって線になる。と、ふたつの鼻《はな》の穴《あな》が大きく開《あ》いて、ひーひーといっている。

安奈の背中《せなか》をひゅーと冷《つめ》たいものが走る。そして、安奈もああちゃんと同じ顔になった。と同時だった。

ドドドドドー

「うわああああああ」

六人の悲鳴《ひめい》は地獄滝《じごくだき》のとどろきと同じぐらいに響《ひび》いて、六人を乗《の》せたボートは滝つぼにまっさかさま。

安奈《あんな》は頭から足の先まで水浸《みずびた》しだ。それでも座席《ざせき》の前の手すりをはなさなかった。ボートは水平《すいへい》になり、穏《おだ》やかな動きをとり戻《もど》した。

ところが隣《となり》で悲鳴を上げていたああちゃんもおねえちゃんもいなくなっている。後ろを振《ふ》り返《かえ》ると乗っていたはずの三人も消《き》えていた。

「わああ、どうしよう！」

——大変《たいへん》だ！

顔から血《ち》の気《け》が引いていく。

——みんなはどうなったんや。

その時、後ろのほうで、ああちゃんやおねえちゃんたちの声がした。

「ほほほーい、楽しかったよー」

「へへへーい、おいらは大丈夫《だいじょうぶ》だよ」

「水には慣《な》れてるんだよー」

声のほうを向《む》くと、水しぶきを受《う》けて、滝つぼで遊《あそ》んでいる子たちがいた。

「あ、あんなとこにいる！」

さっきの子たちがそろって頭にお皿《さら》のようなものをのせていた。

「え。河童《かっぱ》？」

目をこすってよく見ようとしたがしぶきに隠《かく》れて見えない。

向こうの岩から手を振《ふ》っているふたりはお父さんとお母さんだ。やっぱり頭が変《へん》だ。

もう一度《ど》目をこすった時、安奈を乗せたボートは洞窟《どうくつ》に入ってしまった。入るとすぐにボートは止まった。

「ありがとうございました。またのお越《こ》しをお待《ま》ちしております」

アナウンスが流《なが》れ、ボートの降《お》り口《くち》のドアが開《ひら》いた。

洞窟の外に出ると、目を開《あ》けておれないほどのまぶしさだ。目を細め、振り返ると今出てきた洞窟、いや、小さなテントが見えた。その横《よこ》で、太郎《たろう》が立っている。

「太郎――」

太郎《たろう》がやってきた。大きな目がぎらぎらと光り、唇《くちびる》が赤くはれぼったくなり、笑《わら》っている口から真《ま》っ白《しろ》な歯《は》が見えた。

近づいてきた時、安奈《あんな》はうっと鼻《はな》をつまんだ。

「わあ、太郎！　変《へん》なにおいがする！　なんのにおい？」

「あはっ、そうさ！　さっきおいしいもの、吸《す》ってきたからな」

「吸うって？」

「食ってきたってことさ」

「ずるい、ずるい。何食べたんや、太郎！」

「おまえにもそのうちわかるさ」

ふうと息を吸うと、にまりと太郎は笑った。

「それにしても、お前はやっぱりいい客人《きゃくじん》だ。あれもこれもと好奇心旺盛《こうきしんおうせい》！」

安奈は目の前のことで気になることはすぐに聞かないと済《す》まない性格。するとその前のことが薄《うす》れてしまうのだ。このときも、太郎の異様《いよう》なにおいのせいで、滝《たき》つぼで手を振《ふ》っていた河童《かっぱ》たちのことを聞くのを忘《わす》れてしまった。

そのうえ、太郎がわっと気持《きも》ちがはねあがるようなことを言ったものだから、すぐに心が移《うつ》ってしまった。

「今度《こんど》はほら！　空中観覧車《かんらんしゃ》だ！　この遊園地《ゆうえんち》でいちばん人気なんだ」

「わあ、嬉《うれ》しい！」

太郎の指《ゆび》さすほうを見て、安奈は歓声《かんせい》を上げていた。

突然幼《とつぜんおさな》い時に見た懐《なつ》かしい観覧車、いやもっと大きく豪華《ごうか》な観覧車が目に入る。

――けど、門から、あんな観覧車見えなかったのに……。

ほんの少し歩いただけで、安奈と太郎はゴンドラの入り口に立っていた。

見上げると赤や青や緑や黄色に色分けされた美《うつく》しい丸い形のゴンドラが連《つら》なっている。空に向《む》かって上へ上へと動《うご》いていく。

「わあー、この観覧車、すごう高くまで上がるんや」

真《ま》っ青《さお》な空をひとりじめしている。

ここでも係《かか》りの人は誰《だれ》もいない。明るい女性の声でアナウンスがされていた。

「ようこそ、ゴンドラへ。あなたの思いのままに楽しんでください」

バックに優《やさ》しいリズミカルな音楽が流《なが》れている。ピアノ、バイオリン、時々タンバリンやパーカッションの音も混《ま》じった。

安奈《あんな》たちはあわい水色のゴンドラに乗《の》ることにした。近づいてくると勝手《かって》にドアが開《あ》いた。まるでどこかで誰《だれ》かがふたりの動きを見ているようだ。

ゴンドラの中は安奈の家の浴室《よくしつ》よりも大きい。対面《たいめん》するように長いソファーがあった。

安奈は太郎《たろう》よりも先に飛《と》び乗《の》った。太郎も続《つづ》いて入る。

ゴンドラ全体《ぜんたい》がぐらっと揺《ゆ》れた。

と、その時、誰かがドアの取っ手を持《も》って、ぬっと顔を出したのだ。

「あたしも乗せてくれないかね」

安奈はぎょっとして見る。ものすごい年寄《としよ》りに見える。だがどこか変《へん》なのだ。それが何かを考えるよりも先に、安奈は太郎のほうを向《む》いていた。どうしたらいいのかわからなくなると、頼《たよ》るのは太郎しかない。

太郎は女の人を見て、

「ああ！　やっぱりあんただ。乗っていいよ、やまんかかあ！　観覧車に乗ると、たいていおまえがやってくる！」

「すまんことだねえ」

と言った時にはもう中に入っている。

ドアが閉《し》まった。

「やまんかかあ」と呼《よ》ばれた人はソファーではなくいきなり床《ゆか》の上に座《すわ》った。目が奥《おく》にひっこんでいる。上を向《む》いた小さな鼻《はな》がぴくっと動《うご》き、うすい唇《くちびる》が開《ひら》く。

「太郎、ありがとよ！」

くるっと身体《からだ》を回し、背中《せなか》を向けると外の景色《けしき》を見始《みはじ》めた。

太郎は背中に向かって大きな声を出した。

「やまんかかあ！　一周《しゅう》だけだぞ。客人《きゃくじん》と一緒《いっしょ》だからな」

外を見つめたままで、

「わかったよ！　太郎も客人も優《やさ》しいね。感謝《かんしゃ》するよ」

と言った。

安奈はこの人も鬼臣《きしん》の住民《じゅうみん》ならば、きっと何かものすごいことのできる人なのだろうと思う。

だが、やっぱり少し変だ。

髪《かみ》の毛《け》が鳥の巣《す》になって、頭にのっかっているようだ。木綿《もめん》のごわごわとした袖口《そでぐち》の広い上着《うわぎ》に、先のすぼんだズボンをはいていた。その上から薄汚《うすよご》れた割烹着《かっぽうぎ》を羽織《はお》っている。

しばらくすると、顔を窓《まど》にくっつけてぶつぶつ独《ひと》り言《ごと》を言いはじめた。

「見えるんだよ。あの子たちが……」

安奈《あんな》は気になってしょうがない。少しずつ外の景色《けしき》が変《か》わっていくのだが、それよりも「やまんかかあ」と呼《よ》ばれた人のほうが気になった。

じっと下を見下ろしているやまんかかあ……。安奈から見える横顔《よこがお》の頬《ほお》に、涙《なみだ》が流《なが》れていた。

安奈はますます気になってくる。

口もとがかすかに動いて、なにか歌っているようだ。

それは小川のせせらぎのような優《やさ》しい響《ひび》きをしていた。

「おまえは

いいこ

いいこ
わたしの　いいこ
よくして　もらえ
あのひとに
このひとに

おまえは
いいこ
いいこ
わたしの　いいこ
よくして　おやり
あのひとに
このひとに」

安奈ははっとした。

この人の歌声はなんときれいなのだろう。

向《む》かいに座《すわ》っている太郎《たろう》がうなずく。

「やまんかかあの歌声は鬼臣村《きしんむら》の宝《たから》さ。おばばがそう言っていた……」

美《うつく》しい声にうっとりしていると、途中《とちゅう》でいきなり歌が止まった。

「あたしはここで降《お》りるからな。太郎、客人《きゃくじん》、ありがとう。今日《きょう》もみんな、元気に暮《く》らしておった！　よかった、よかった」

やまんかかあはドアの窓《まど》をぐっと片方《かたほう》に引くと、ほんの十センチほどの隙間《すきま》をくぐり抜《ぬ》け、飛《と》び降《お》りた。

やまんかかあは突《つ》き出《で》た岩に向《む》かって白い割烹着《かっぽうぎ》をなびかせて降りていく。大きな割烹着がパラシュートのようになっている。

岩に飛び降りると、両手を上げ、こちらを向いて手を振《ふ》った。

「あ」

安奈《あんな》は一瞬《いっしゅん》、絵本で見た山姥《やまんば》の顔に似《に》ていると思った。

「太郎……。ここって、ほんまにいろんな人が住《す》んでるんだね……」

「ああ、そうさ。だけど、安奈。おまえの赤い蛍《ほたる》は見つかったかい！」

「わあ、忘《わす》れてたあー」

「もう一度《ど》、回ってみるか！」

「うん」

安奈は、やまんかかあがしたように、床《ゆか》にべったりと座り、窓に頭を押《お》し付《つ》けた。

いちばん高くに上がった時、安奈は地上の真《ま》っ青《さお》な空を見た。色とりどりの鳥が飛んでいる。いや、鳥のように浮《う》いている物《もの》を見た。その中に赤い色もある。

安奈は立ち上がり、太郎に言った。

「ああー、なんか赤いのが見える！　赤い点点、ほれ、あそこ？」

安奈には遠くの山の上にかすかに赤い点点が見えている。

太郎が言った。

「鬼臣の羽衣《はごろも》だな」

「羽衣？」

「力のある者《もの》がショールを羽織《はお》ると、羽衣になって飛ぶことができるんだ」

「え、空に飛ぶってこと？」

「ああ、力のある者《もの》が、羽織《はお》るとだよ」

「太郎《たろう》はできるの？」

「当たり前だ！　おれは、鬼臣村《きしんむら》の鬼臣家の鬼臣太郎だ」

「そうなんだ！　あたしもやってみたい！　ねえ、太郎、ここから遠い？」

「ああ。今日《きょう》は無理《むり》だな。明日《あす》、行ってみよう。やる気満々《まんまん》のおまえなら、飛《と》べるかもしれん！　そうすれば、みんなの前で鬼臣の証明《しょうめい》ができるというものだ」

安奈《あんな》は目を線にして、ガッツポーズをした。

ふたりは意気揚々《いきようよう》とホールに戻《もど》り、太郎の家行きのエレベーターに乗《の》った。

鬼臣村の洞窟探検《どうくつたんけん》の一日は終《お》わった。

第五章　羽衣《はごろも》

一

　いつものように贅沢《ぜいたく》な朝食だった。広いテーブルには太郎《たろう》とふたりっきりである。

　今日《きょう》は和食が並《なら》んでいた。白いご飯《はん》の横《よこ》には味噌汁《みそしる》。赤や黄や緑のピーマンピクルスが真《ま》っ白《しろ》な器《うつわ》にのっている。ふわふわの出《だ》し巻《ま》き卵《たまご》とサーモンのバター焼《や》きは少し辛《から》めだ。どれも頬《ほお》が落《お》ちそうにおいしかった。

　最後《さいご》に大好物《だいこうぶつ》のプリンが出てきた。

「わあー、カンペキー」

　プリンの中にイチゴが仕込《しこ》まれているのはわかったがその他《ほか》にも口の中でおいしいものがプチプチとはじけた。食べるほどに、安奈《あんな》の頭はどんどん冴《さ》え、身体《からだ》から元気がみなぎってくる。

給仕《きゅうじ》をしてくれる脱鬼《だき》のおねえさんはやっぱりにこにこしていた。まん丸い顔に小さな口と鼻《はな》。目の中の黒い瞳《ひとみ》が見えないほどに細い目だ。白い大きなコック帽《ぼう》をかぶり、今日は紺色《こんいろ》ではなく白い割烹着姿《かっぽうぎすがた》だ。

安奈が嬉《うれ》しくなって、「ありがとう」と言うと、あわてて奥《おく》へ引《ひ》っ込《こ》んでしまった。

脱鬼と名の付《つ》く人にはあまり話しかけてはいけないのかもしれない。いつか脱鬼のことを聞いてみたい、いや、聞いてみないといけない気がする。だが聞いてはいけないのかもしれないとも考えてしまう。

安奈は、五年生になって、自分はとてもしっかりしている、もう何でも理解《りかい》できる年齢《ねんれい》だと思っていた。が、ここではわからないことや不思議《ふしぎ》なことが多すぎる。

安奈は、脱鬼の隠《かく》れた奥の厨房《ちゅうぼう》を見つめながら、あれこれ考えてしまった。

太郎が食事《しょくじ》を終《お》え、「じゃあ、行くぞー」と言い、テーブルをぽんとたたいて立ち上がった。

「待《ま》って、待って」と、安奈が叫《さけ》ぶと、大事《だいじ》なプリンの最後《さいご》を一気に口に入れた。

ふたりはそろって食堂《しょくどう》を出た。

また長い廊下《ろうか》が続《つづ》いていた。今度《こんど》はくねくねと何度《なんど》も曲《ま》がっていく。両側《りょうがわ》には老舗旅館《しにせりょかん》にあるような格子戸《こうしど》の玄関口《げんかんぐち》が現《あらわ》れ、どんどん後へと消《き》えていった。

「太郎《たろう》。ここ、全部《ぜんぶ》、太郎んちの部屋《へや》なん？」

「ああ、そうだよ。客人《きゃくじん》をむかえるために用意《ようい》してるんだ」

「わたしみたいな？」

「そうだよ」

「たくさん、いるん？　わたしのような人？」

「いると思うよ。おれにはわからん」

「ふうん……」

「けど、空いていたら、どの部屋を使ってもいいよ」

安奈《あんな》は初《はじ》めに寝《ね》かされていた部屋で十分だ。なにせ、夕食が済《す》み、お風呂《ふろ》に入るともう眠《ねむ》たくて仕方《しかた》がない。部屋に戻《もど》り、安奈のために用意されたベッドに入ると、すぐに爆睡《ばくすい》する。

とはいえ、やっぱり他《ほか》の部屋も気になった。

「太郎！　わたし、また探検《たんけん》するところが増《ふ》えたよー」

――ああ、ひとつ、ひとつ、どんな部屋なのか調《しら》べてみたい。

安奈の頭は部屋の中のことを考《かんが》えはじめた。が、太郎はどんどん先を行く。

廊下の先に、エレベーターがドアを開《あ》けて待《ま》っていた。

ふたりは中に入る。

安奈にはもう、太郎が次に何をするのかわかっていた。脱鬼《だき》に頼《たの》んでいない今日《きょう》は、エレベーターの小さなボタンを見つけて、それを押《お》すはずだ。壁《かべ》と一体になっているので、安奈にはとうてい見つけられないボタンだ。

初《はじ》めて見るエレベーターである。濃淡《のうたん》の茶色のつたが壁いっぱいに描《えが》かれていた。そこにごま粒《つぶ》ほどのかわいらしい橙色《だいだいいろ》の実《み》がのっている。太郎はそのたくさんの実の中からたったひとつのボタンを見つけるのだ。

太郎はすぐにエレベーターのボタンを見つけ、ひょいと人差《ひとさ》し指《ゆび》でそれを押《お》す。

とたんにドアが閉《し》まった。

安奈はつぶやいた。

「なんでボタンがわかるんだろ？」

「ああ、安奈《あんな》もすぐにわかるさ」

「ほんとに？　すぐにわかるん？」

「そうだ！　おまえが無心《むしん》になって、わかる、わかるって、思うだけでわかるんだ」

「そんな、あほなああ……、できるはずない！」

だが、目の前の壁《かべ》をぽんとたたいたとたんにエレベーターが止まった。

「わあ！」

驚《おどろ》く安奈の声に、太郎《たろう》が「ワハハハ」と豪快《ごうかい》に笑《わら》った。

「今のは行き先に着《つ》いたからさ！」

ドアが開《ひら》いた。

ちょっと心を静《しず》めて、外に出た。

ドアの開いたエレベーターの前に、女の人と男の人が立っていた。

そして、

「あ、お父さん！　お母さん！」

と、太郎が言ったのだ。

ふたりとも、大きな身体《からだ》の人だ。安奈《あんな》から見ると大人と思える太郎《たろう》がまるで子どもに見える。太郎の頭ひとつ分、背《せ》高く大きかったからだ。

そのうえに、お父さんの姿《すがた》には威厳《いげん》がある。髪《かみ》はきれいに七三に分けられ、はりつけたようにくっついている。ピンと立った耳もとできりそろえられていた。鋭《するど》い目、太い眉毛《まゆげ》、高くとがった鼻《はな》、そして真一文字《まいちもんじ》の口をしている。派手《はで》な上着《うわぎ》を着ていた。女物《おんなもの》の羽織《はおり》のような鮮《あざ》やかな朱色《しゅいろ》に銀色の縦縞模様《たてじまもよう》、あちこちに星が散《ち》らばっている。

お母さんはどう考えても太郎の母親には見えない。おねえさん、それもそんなに歳《とし》の離《はな》れていないおねえさんに見える。長く伸《の》びた髪をふたつにくくり、胸《むな》もとにおろしている。白い学ラン襟《えり》に黒いワンピース。おかしな組み合わせがとても似合《にあ》っている。その上にガウンを羽織《はお》っていた。袖口《そでぐち》が広くまるで蝶《ちょう》の羽のようである。白地に薄《うす》いブルーとピンクのぼかしが入っていた。

褐色《かっしょく》と白っぽい肌《はだ》をしたふたつの顔がくっつくようにして、何やら話をしている。

太郎の両親は家に戻《もど》るところのようだ。

安奈は、ふたりが太郎のお父さんとお母さんだとわかるとロボットのように動《うご》きがぎこちなくなった。放課後《ほうかご》、思いもかけず先生たちに出会ってしまった気分だ。いや、それ以上《いじょう》に安奈は緊張《きんちょう》した。ここに来て何日も経《た》っている。思い出せないほどにいろいろな経験《けいけん》をしてきた。太郎が一緒《いっしょ》にいて、脱鬼《だき》たちが何でもやってくれるから、両親のことなど思うことはなかった。当然《とうぜん》両親はいるだろうが、意識《いしき》の中に入ってこない毎日だった。

その両親とのいきなりの出会いだ。

もごもごと口を動《うご》かす。

安奈はこんな時はどういうのかと一生懸命《いっしょうけんめい》考えた。

色々な言葉《ことば》が浮《う》かんでくる。

「はじめまして」

「佐藤《さとう》安奈です」

「お世話《せわ》になります」

「楽しいです」

「嬉《うれ》しいです」

などなど、挨拶言葉《あいさつことば》が頭の中を走りまわる。

だが、実際《じっさい》に安奈《あんな》が言ったのは、直立不動《ちょくりつふどう》になって、

「ごちそうさまでした！」

安奈は顔を真《ま》っ赤《か》にして下を向《む》いた。

――どうして！　初《はじ》めて会った太郎《たろう》のお父さん、お母さんに……。どうして！

この言葉《ことば》なのよ！

太郎の母親は目を細め、細いきれいな指をそろえて、口もとに持《も》っていくと、

「はじめまして、安奈。太郎の母親です」

と言った。

「もう赤い蛍《ほたる》は見つかったかい？」

と、太郎の父親。優《やさ》しく、そして堂々《どうどう》とした響《ひび》きの声だ。

安奈は首を左右に振《ふ》った。

「それは残念《ざんねん》！　でも、鬼臣村《きしんむら》は広いからね。どこかできっと見つかるよ」

と、言い、太郎のほうを向いて言った。

「もう夏も終《お》わりだ。かわいらしい客人《きゃくじん》に、秋の美《うつく》しいところをしっかり見てもらいなさい」

「鬼臣家にふさわしいように、たくさんの面白《おもしろ》いことをわかってもらいなさい」

と、母親が付《つ》け加《くわ》えた。

「はい！」

と、返事《へんじ》をした太郎が父親に早口で言う。

「とうさん！　安奈は羽衣《はごろも》をあやつれるかもしれないんだ！　とてもいい子なんだよ」

父親はたくわえたひげをぴくっと震《ふる》わす。

「なんとなんと！　この小さな客人がもう羽衣を使える？　そろそろ鬼臣になれるというのかい！」

「ああ、もしかしたら……。安奈の無心《むしん》はすごいんだ。おれが保証《ほしょう》する」

「まあ、嬉《うれ》しいこと！」

と、母親が言い、安奈にほほえんだ。そして母親の「それではまた」と言う声と一緒《いっしょ》に、エレベーターのドアは閉《し》まった。

太郎はホールを横切《よこぎ》って歩く。太郎には出口とわかる壁《かべ》の一か所《ところ》が見えているのだ。

安奈《あんな》が言った。

「あたしも出口が見えるようになりたいなあ」

「羽衣《はごろも》をあやつれれば、こんなことぐらいすぐわかるさ」

「ふうん、羽衣をあやつるのってむつかしい？」

「おまえ次第《しだい》さ！」

「太郎《たろう》はできるんだ！」

「当たり前だろ。おれは鬼臣村《きしんむら》の」

と言いかけたので、安奈も一緒《いっしょ》になって言った。

「鬼臣家、鬼臣太郎！」

そして、「キャキャッ、キャキャキャッ」高いトーンで笑《わら》った。

ふたりは外に出た。

身体《からだ》に当たる光が優《やさ》しい。

太郎が言う。

「この光、おれは好《す》きなんだなあ。日が短《みじか》くなってきたってことだよ」

「そうなん？」

「もう秋がやってきてるんだ」

安奈たちはホールからの壁《かべ》を抜《ぬ》けて、地上世界《せかい》に出た。

二

目の前にまっすぐな道が現《あらわ》れた。

両側《りょうがわ》に緑から橙色《だいだいいろ》に移《うつ》りはじめた落葉樹《らくようじゅ》の木々が並《なら》んでいる。

木の幹《みき》は太く、安奈の背丈《せたけ》をはるかに超《こ》えるところに枝《えだ》をつけ葉《は》をつけている。

さわさわとさわやかな音がして、見上げる安奈の頬《ほお》を風がなでていった。

耳のほてりも消《き》えていく。

太郎が張《は》りのある声で叫《さけ》んだ。

「さあ、急《いそ》ぐぞ！」

空を見上げて言う。

「あの大きな空で遊《あそ》ぶんだあー」

「空で遊ぶの？」

「そうさ、羽衣《はごろも》をあやつれるからな」

「羽衣をあやつれると、空で遊《あそ》べるの？」

「そうだよ、安奈《あんな》。おれらの優秀《ゆうしゅう》な仲間《なかま》の中には月に帰った者《もの》も、宇宙《うちゅう》に旅《たび》する者もいる。羽衣さえあやつればなあ。おれも絶対《ぜったい》に金星に行ってみたいんだ。おれのいちばん上のねえさんは金星に行ったんだ……」

「へえええ？　金星へも行けるの？」

「当たり前だ。羽衣をうまく、うまく、あやつれれば、どこへだって行けるのさ」

木と木の間の道をしゃべりながら歩いていた安奈は、地面《じめん》の段差《だんさ》が気になって下を向《む》く。とたんに、「わあ！」と声を上げる。視界《しかい》に入った自分のスニーカーが深《ふか》い藍色《あいいろ》に変《か》わっている。

ふたりの服《ふく》は秋仕様《あきしよう》になっていた。安奈は落《お》ち葉模様《ばもよう》のワンピースに褐色《かっしょく》のタイツをはいていた。ワンピースの袖《そで》は風船のようにふくらみ、フリルがついている。

脱鬼《だき》の選《えら》ぶ服《ふく》はとても優《やさ》しく華《はな》やかな少女向《む》きばかりだ。それを安奈はちゃんと着《き》ている。以前《いぜん》の安奈には考えられないことだった。身体《からだ》にぴったりで、着ているという覚《おぼ》えさえないほど軽《かる》く、ガラスに映《うつ》る姿《すがた》はいつもかわいかった。

安奈自身《じしん》もまんざらでもないと思っている。

太郎《たろう》は高く澄《す》んだ空を見て、誰《だれ》かに言うようにつぶやいた。

「全《まった》く脱鬼はかしこい！　いちばん似合《にあ》う服《ふく》を着《き》せてくれてるんだ」

安奈も同感《どうかん》だったが、やっぱり不思議《ふしぎ》で仕方《しかた》がない。

「ああー。わたしら、どこで服を着替《きが》えたのかしら？」

律儀《りちぎ》に太郎が答えた。

「ホールの壁《かべ》を抜《ぬ》けた時、着替えをしたのさ。夏服では寒《さむ》いだろ」

「えええー、そうだったの……」

安奈はかわいらしいフリフリの袖をまじまじと見た。そして顔を上げて太郎を見た時、

「え？」

と後へさがってしまった。

「太郎！　なんか、大きくなってるよ！」

太郎が青年の感じだ。背《せ》も高く、身体《からだ》つきもたくましく、それに唇《くちびる》の上の薄《うす》い

ひげが、八の字を作っている。

口をぽわっと開《あ》けて見つめる安奈《あんな》に、太郎《たろう》は満足《まんぞく》そうに言った。

「ああ、安奈にもちゃんとわかったんだ。それにしても、おまえはちっとも大きくならないな」

「なんで、なんで？　太郎はそんなに大きくなるん？」

「ああ、おれは鬼臣《きしん》だからな。おまえも鬼臣になったら、どんどん大きくなるぞ」

安奈も早く太郎のように大きくなりたい。

身体《からだ》が大きくなると何ができるだろう。

どこへでもひとりで行ける？

どんなことだってできる？

もう太郎についていかなくても、この奇妙《きみょう》な村中をさぐってまわれる。

鬼臣たちが、どうしていろんな技《わざ》ができるようになったのかも調《しら》べてみたい。

「あ」

安奈の胸《むね》が急《きゅう》に熱《あつ》くなった。

「そうだ！」

安奈は優秀《ゆうしゅう》な脱鬼《だき》のことを思い出した。

「太郎、鬼臣になったら、脱鬼のことを調《しら》べたい！」

太郎がきゅっと小首をかしげ、いかにも安奈の言葉《ことば》がばかげているかのように言《い》い放《はな》った。

「脱鬼はおれらの世話《せわ》をする者《もの》だよ。それだけのことさ」

「でも、わたしらとおんなじ！　しゃべったり動《うご》いたり笑《わら》ったりするんでしょ！食堂《しょくどう》のおねえさんみたいに、恥《は》ずかしがりかもしれないけど……」

「あはっ、そんなこと考えたことない！　ずっとずっと昔《むかし》から脱鬼は脱鬼さ。それより安奈。あの空を見ろ！　赤いのが見えるぞ」

「え」

太郎の指《ゆび》さすほうを見る。

なだらかな丘《おか》の上に飛《と》びかかっている鳥たち。その中のいくつかが赤い色をしていた。

「わあ、ほんとだあ。昨日《きのう》、見た鳥だあ」

「鳥じゃなく……、あれが鬼臣の羽衣《はごろも》なんだ」

とたんに、安奈《あんな》の思いはすっかり脱鬼《だき》から離《はな》れた。美《うつく》しい羽衣《はごろも》の飛《と》びかう姿《すがた》に胸《むね》が高鳴《たかな》る。次に続《つづ》くわくわくすることで、頭はいっぱいだ。

「わあ、あれ……、鳥じゃなくて……、羽衣……」

「ああ、鬼臣《きしん》の羽衣遊《あそ》びさ」

「みんな……飛んでる……」

「ああ、今日《きょう》はいい天気だ。どこまで旅《たび》する気なんだろう」

太郎《たろう》は駆《か》け出《だ》した。安奈もなだらかな傾斜《けいしゃ》の丘《おか》を駆け上がる。のぼりつめると、先がかすみにかかって見えないほどに広い緑の原っぱに出た。

三、四人がひとかたまりになっている。五、六組はいるだろう。その多くの人は長い帯《おび》のようなものを首に巻《ま》いたり、肩《かた》にかけていた。鬼臣のおばばの家で見た、舞姫《まいひめ》のショールに似《に》ている。

「あれって、ショールだよね！」

「いや、鬼臣の羽衣。おれたちはそう呼《よ》んでる」

安奈は思った。

——鬼臣たちはあの「鬼臣の羽衣」をあやつって、空を飛ぶことができるのだ。

いちばん近くにいるグループのひとりが、その羽衣を首に巻くと、あっという間に飛び上がった。ふわふわと飛んでいく男の人はまるで空を優雅《ゆうが》に泳《およ》いでいるようだ。

つぎつぎと同じように空を泳ぎはじめる人たち。

あわい緑や青や橙《だいだい》や紫《むらさき》やそして真《ま》っ白《しろ》な羽衣が舞《ま》い上《あ》がっていく。

赤い色のものもあった。だがどれも色を通して透《す》けて見える。

空を飛んでいるのは赤い蛍《ほたる》ではない。

それでも安奈は嬉《うれ》しかった。顔が赤くなっていく。身体中《からだじゅう》が熱風《ねっぷう》を受《う》けたように熱《あつ》い。

安奈は空に舞う色とりどりの長い布《ぬの》を見つめつづけた。

——なんて、美しいんだ。ああ、なんて楽しそうなんだ。あの羽衣をあやつりたい。自分も空高く舞いたい。どこまでもあの真《ま》っ青《さお》な空を飛んで遠くへ行ってみたい。わたしも飛んでみたい！

胸《むね》が痛《いた》くなるほどに願《ねが》いがふくらんでいく。

——羽衣を肩にかけてみたい。上手に腰《こし》や首や手に巻いて、飛び上がってみたい。

頬《ほお》を真《ま》っ赤《か》にして両手をぎゅっと握《にぎ》りしめている安奈《あんな》に、太郎《たろう》は言った。

「あはっ、おまえ、やっぱり、飛《と》んでみたいんだ！」

安奈はうなずいた。

――青空をゆうゆうと舞《ま》っている鬼臣《きしん》の羽衣《はごろも》は本当に美《うつく》しい……。自分も美しく優雅《ゆうが》に空を泳《およ》いでみたい。どんな気持《きも》ちになるのだろう。どんなに心が浮《う》きたつのだろう。どんなに楽しいのだろう。

「いいなあ、いいなあ、あたしもやってみたいよー」

「ああ！　安奈もやってみればいい！」

安奈の頭には空を飛んでいる自分が浮《う》かんでいた。

原には無造作《むぞうさ》に羽衣がちらばっているのだ。まるでピクニックにやってきた人が忘《わす》れて帰った敷《し》き物《もの》のように……。

太郎が安奈の背中《せなか》をぽんと押《お》した。

「やってみろよ。ほら、いっぱい羽衣が置《お》いてある！　安奈はどの色がいいのかな？」

安奈は布たちの周《まわ》りを見てまわる。

「どれにしよう」

薄《うす》いブルーの羽衣を手に取《と》った。

飛べるかどうかはわからない。けれどもう飛びたくて飛びたくて仕方《しかた》がない。

ただ空を自由に飛ぶことしか、安奈の頭にはなかった。

安奈はすぐに羽衣を肩《かた》にかけた。背負《せお》ったというより、何かが肩をなでた感じだ。

羽衣はふわふわと両側《りょうがわ》に布《ぬの》を広げて泳ぎだした。

「行ってきまーす」

安奈は今まで見てきた人と同じように、布にひっぱられたように走りだした。

走り出すと布もまた勢《いきお》いをつける。あたりに風が起《お》こり、ふわっと身体《からだ》が浮いた。

地面《じめん》に自分の足がついていない。

「飛んだ、飛んだ！　ほんとに飛んでるー」

歩いていた時の身体の重《おも》さはもう感じない。足の下からふわっと風が起こる。

安奈の着《き》ているワンピースが空気をふくんでふくらんでいく……。上に上にと上がっていくのがわかる。

ゆるい風が吹《ふ》いてきて、羽衣《はごろも》の先をヒューと舞《ま》い上《あ》げた。

「わー、もっと風、風――、もっと吹けー」

大きな風がやってきて、安奈《あんな》を舞い上げる。

ヒューン
ヒュウウーン
のぼる竜《りゅう》のようだ。

「ヤッホー、面白《おもしろ》い、面白いー。もっと飛《と》べー、もっと飛べー」

ぐるりを囲《かこ》む真《ま》っ青《さお》な空。薄《うす》いピンクのきれいな雲が浮《う》いている。つかまえようとすると、雲はするりと逃《に》げた。安奈は羽衣をなびかせ、雲を追《お》いかけた。羽衣と雲の鬼《おに》ごっこだ。

「それーい、もうちょっとだあー」

肩《かた》にかかった羽衣をいっぱいに伸《の》ばした。

「あ!」

羽衣が安奈の肩《かた》からはずれる。

「わあー」

目は自然《しぜん》に閉《と》じていた。

下に落《お》ちていっているのは確《たし》かだ。

――ああ、わたし……、どうなるうううー。

だが途中《とちゅう》でふわっと柔《やわ》らかいものに身体《からだ》が包《つつ》まれた。

目を開《あ》けると、離《はな》れたはずの羽衣《はごろも》がまるでハンモックのようになって安奈《あんな》を包んでいた。

太郎《たろう》が水中で泳《およ》いでいる格好《かっこう》で、安奈の周《まわ》りをぐるぐる回っていた。

「大事《だいじ》な羽衣、傷《きず》つけないでくれよ」

とたん、安奈は〝ああ、よかった！〟と思い、「すごい羽衣や、ありがとうー」と叫《さけ》んでいた。

安奈も風に乗《の》らないで、太郎のように遊泳《ゆうえい》する。

落《お》ち着《つ》いてくると、周りが良《よ》く見えてきた。

空はこんなに晴れているのに、見下ろすと、雪雲が一帯《いったい》をおおい、下の景色《けしき》を隠《かく》している。

雲の間から、つぎつぎと人の姿《すがた》が飛《と》び出《で》てきた。羽衣を身《み》につけた太郎の家族《かぞく》たちだ。安奈を囲《かこ》むようにして、父親、母親、そして四人の兄たちまでが一緒《いっしょ》だ。思い思いの色の羽衣を肩《かた》や腰《こし》や足もとにはべらせている。

——わあ、みんな一緒《いっしょ》やあ。

安奈はもうおどおどとすることもない。

隣《となり》へ飛んできた太郎の父親が言った。

「安奈。どうだい？　鬼臣村《きしんむら》は楽しいところだろ。ここに住《す》んでみる気はないかい」

安奈の心は嬉《うれ》しさでいっぱいになった。

——そうね。ここでは何でもできる。したいことは何でもできる。

そんな思いが身体中をおおって、ますます羽衣をつけた安奈の動《うご》きが優雅《ゆうが》になる。

母親が太郎によく通る声で言った。

「太郎！　良《よ》いことをしましたね。安奈もすっかり鬼臣の娘《むすめ》です。今日《きょう》はみんなでお祝《いわ》いしましょう」

そして母親は太郎に奇妙《きみょう》なことを頼《たの》んだ。

「太郎《たろう》。お祝《いわ》いには脱鬼《だき》の血《ち》が必要《ひつよう》です。帰りに脱鬼の血をもらってきておくれ」

父親が言う。

「安奈《あんな》に飲《の》ませてやろう。われわれの力の素《もと》だからな」

兄たちが口々に言う。

「安奈がおいしく飲む姿《すがた》を早く見たいものだ」

「それでこそ鬼臣《きしん》の住民《じゅうみん》」

「そうだ。鬼臣家の娘《むすめ》」

「鬼臣安奈なんだ！」


安奈は高く高く飛《と》びながら考えた。

――もっともっといろんなところへ行きたい。いろんなことをやりたい。自分は何でもできるのだ。

安奈は自信にあふれた表情《ひょうじょう》で、地面《じめん》におりたった。

地面におりると、一緒に飛んでいた太郎《たろう》の家族《かぞく》も、他《ほか》の人達《ひとたち》もいなくなっていた。

太郎がそばにいるだけだ。

ほわっとした雪が優《やさ》しく安奈の頬《ほお》をなでた。

「ああ、冬の到来《とうらい》だ」

と、太郎がしんみりと言った。

日は西にかたむきはじめた。そして、大粒《おおつぶ》の雪が舞《ま》いだした。

だが安奈は少しも寒《さむ》くない。今まで空を飛んでいた羽衣《はごろも》がふんわりと首に巻《ま》きつき、身体《からだ》をおおっている服《ふく》は分厚《ぶあつ》いコートのように暖《あたた》かだった。

「みんな、どこへ行ったのかしら」

「そうだな……、きっと『鬼臣《きしん》の館《やかた》』に行ったんだろう」

「『鬼臣の館』って?」

「ああ、厳《きび》しい冬がやってくるから、元気をもらいに行ったんだ」

丘をおりはじめると雪がますます激《はげ》しくなって、あたりの景色《けしき》は墨絵《すみえ》の世界《せかい》になっていく。

安奈は意気揚々《いきようよう》と、太郎と並《なら》んで歩いた。

第六章　脱鬼の血《だきち》

ほんのりと明るい雪の道だ。上空は薄気味悪《うすきみわる》い灰色《はいいろ》の雲におおわれている。

雪が小降《こぶ》りになった。それでも風は強く、安奈《あんな》の足もとを舞《ま》っていく。

太郎《たろう》と並《なら》んで歩いていた安奈の左肩《ひだりかた》に、そっと手を置《お》く者《もの》がいた。振《ふ》り返《かえ》ると、鬼臣《きしん》のおばばの御殿《ごてん》で会った舞姫《まいひめ》だった。

「あんたも来るかい。羽衣《はごろも》を使えたんだってね。おめでとう」

と言うと、甘《あま》ったるいにおいと一緒《いっしょ》に通《とお》り過《す》ぎた。ひらひらと長いスカートをひらつかせ、エスカレーターにでも乗《の》って歩いているように去《さ》っていった。

舞姫だけではない。

奇妙《きみょう》な格好《かっこう》の人たちが先を争《あらそ》うようにして追《お》い越《こ》していく。でっかい顔やひょろ高い人や力士《りきし》のように太っている人など、鬼臣のおばばの広場で見た人たちだ。

黒いひょうたんが耳にくっついているような髪《かみ》の大男もやってきた。

——あ、おばばがいる。

大男の肩に乗《の》って、おばばはにこにこ笑《わら》っていた。

安奈に手を振《ふ》って、

「赤い蛍《ほたる》、見つかったかい？」

と言う。返事《へんじ》も聞かないで、あっという間におばばの真《ま》っ白《しろ》な髪も雪の中に消《き》えてしまった。

横笛《よこぶえ》を吹《ふ》いていた烏帽子《えぼし》の若者《わかもの》も、きれいな音色を残《のこ》して通り過ぎる。

太郎が言った。

「みんな、速《はや》いな。おれも急《いそ》ぐぞ。早く行って早く家に戻《もど》ろう！　今日は安奈の祝《いわ》いだからな」

安奈はとっさに温《あたた》かいダイニングのテーブルの上に並《なら》ぶ豪華《ごうか》な料理《りょうり》を思《おも》い浮《う》かべた。

——今日はきっとすごいごちそうになるに違《ちが》いない！　みんな、羽衣を使えたことを喜《よろこ》んでくれている！　お祝《いわ》いをしてくれるんだ！　きっとわたしは優秀《ゆうしゅう》な鬼《き》臣《しん》になれるに違《ちが》いない！

ふたりは歩くスピードを上げた。

また雪が激《はげ》しく降《ふ》りだした。

新しい雪が行く手の道を隠《かく》し、先を歩いた人の足跡《あしあと》を消《け》していく。あたり一面《いちめん》雪の状態《じょうたい》なのに、道とわかるようにところどころにぼーっとした灯《あかり》がついていた。

安奈《あんな》はこれもきっと脱鬼《だき》が用意《ようい》をしてくれているのだと思った。だが灯のあたりへ近づくと雪の塊《かたまり》としか見えない。

雪は止《や》むことはなかった。

安奈は白い光に疲《つか》れ、目をしょぼつかせた。

――ああ、早く家に帰りたい。どうして今日は帰るのにこんなに時間がかかるんだ？

安奈が太郎《たろう》に聞こうとした時、急《きゅう》に太郎が立ち止まった。

道がふたつに分かれていたからだ。そして、いきなり言った。

「安奈はそのまま行けばいい」

「え？　太郎は？」

「おれはちょっと寄《よ》り道《みち》をする」

「わたし、ひとりで帰るの？」

「何かあったら、脱鬼を呼《よ》んだらいい。おれは大事《だいじ》な用事《ようじ》があるんだ」

安奈ははっとした。

——太郎はまた寄り道をするのだ……。

雪明かりの中で、太郎の目の周《まわ》りが黒っぽくなっている。太郎は疲《つか》れている。こんな時はいつも横道《よこみち》へそれたり、突然《とつぜん》いなくなったりする……。そしていつも元気になって戻《もど》ってくる。

——太郎は私に何か隠《かく》している……。

「寄り道って、太郎も館《やかた》へ行くの？　みんなもそうでしょ……。それって、元気になれる何かがあるから？」

「ああ」

「そんなら、わたしも行く！」

「おまえはまだ客人《きゃくじん》だ！　行っても何もできないさ！　邪魔《じゃま》になるだけだ。先に帰った方がいい！　お母さんの頼《たの》まれごとをすましたら、すぐに帰るから」

「そう……。ああ、わたし、まだ客人なんだ……」

「ふくれるなよ、安奈《あんな》。おまえも立派《りっぱ》に羽衣《はごろも》をあやつった！　すぐにおれたちの仲間《なかま》になれる。だから、今日お祝《いわ》いするんだろ。大丈夫《だいじょうぶ》、脱鬼《だき》が道案内《みちあんない》をしてくれるから、帰れるよー」

太郎《たろう》は、見る間に安奈の視界《しかい》から消《き》えた。

消えた先の雪景色《ゆきげしき》の中にほんのり、だが今までよりもはるかに大きい灯《あかり》が見える。きっと「鬼臣《きしん》の館《やかた》」からのものだろう。

安奈はじっと見つめながら思った。

——行ってみたい！

安奈は長袖《ながそで》と長パンツ姿《すがた》で、その上にショールを一枚巻《まいま》いているだけだったが、少しも寒《さむ》くない。身体中《からだじゅう》がほこほこしていた。お腹《なか》のあたりから元気の源《みなもと》が湧《わ》きだしてくる。

安奈は考えた。

——まっすぐ家に帰るのはわたしひとりだけだ。なんてつまらないこと！　みんな、そろって横道《よこみち》へそれて『鬼臣の館』へ行った！　ああ、行ってみたい！

とうとう安奈は決心《けっしん》をする。

——自分は羽衣をあやつることもできたのだ。もう立派《りっぱ》な鬼臣！　みんなの邪魔になどならないはずだよ！

つぎつぎとやってくる鬼臣村の鬼臣たちが同じ方向《ほうこう》に向《む》かっていく。「鬼臣の館」へ行くには、ただその人たちの後をついていけばいいのだ。

安奈はあごを上げ、ショールを巻きなおした。

ショールにも大粒《おおつぶ》の雪がかかる。また降《ふ》り方《かた》が強くなったようだ。

降る雪にかすんでいた「鬼臣の館」が少しずつ輪郭《りんかく》を現《あらわ》しはじめた。

その姿《すがた》は鬼臣のおばばの御殿《ごてん》とよく似《に》ている。幅広《はばひろ》の石の階段《かいだん》を上がると回廊《かいろう》になって部屋《へや》を囲《かこ》っていた。扉《とびら》が大きく開《ひら》かれていて板間《いたま》の広い部屋が見える。

ゆっくりと石段を上がる。上がったとたん、鼻《はな》を突《つ》くいやなにおいに、安奈は顔をしかめた。においは部屋の中からだ。部屋の中は薄暗《うすぐら》い。だんだんと目が慣《な》

れてきた。

「何？」

上半身《じょうはんしん》をむきだしにした荒々《あらあら》しい姿《すがた》が安奈《あんな》の目に飛《と》び込《こ》んできた。

髪《かみ》の毛《け》の長いものも短《みじか》いものもいる。色もまちまちだ。その中から象牙色《ぞうげいろ》の立《りっ》派《ぱ》な角がはえていた。

「鬼《おに》！」

安奈は回廊《かいろう》の一角にかがみこんだ。しばらくは前へも後ろへも動《うご》けなくなって、うごめく鬼たちを見つめることになった。

角だけではない。愛嬌《あいきょう》のある大きなぎょろ目の下には、鋭《するど》い牙《きば》も見えた。

鬼たちは立ったり、座《すわ》ったり、あぐらをかいたり、寝転《ねころ》がったり、好《す》き勝手《かって》な動き方をしてくつろいでいる。

そして時々身体《からだ》を伏《ふ》せて何かをむさぼっていた。いや、吸《す》っていたのだ。

安奈が、そこに見たのは何体もの人の屍《しかばね》。あたりいっぱいの血《ち》の海であった。

「ひょあああー」

その場から飛び出し、安奈は必死《ひっし》でもと来た道に戻《もど》った。

脱鬼《だき》の灯《あかり》が見える。太郎《たろう》の言ったように、行く道を照《て》らし、安奈《あんな》の心を静《しず》めるようにゆらゆらと揺《ゆ》れていた。


安奈は真《ま》っ白《しろ》な雪の中を脱鬼の灯を頼《たよ》りに必死《ひっし》で歩く。

後ろから太郎の声が追《お》っかけてきた。

「安奈――、お待《ま》たせー」

右手に革袋《かわぶくろ》を持《も》っている。その腕《うで》を高く上げて、誇《ほこ》らしげに袋を大きく振《ふ》った。

中に液体《えきたい》が入っているらしく、動《うご》くたびにダブーン、ダブンと音を立てる。

いつもの優《やさ》しい目をした、もうすっかり大人になった太郎だ。

安奈のほうに向《む》かってやってくる。

「なんで？」

安奈は凝視《ぎょうし》した。

音に合わすように、袋の口からこぼれ出た液体が地面《じめん》に落《お》ちた。真《ま》っ白《しろ》な地面に真《ま》っ赤《か》なものが落ち、散《ち》らばっていく。

「あ、赤い蛍《ほたる》……」

赤い点は赤い丸になってあっという間に赤い蛍に変《か》わった。次から次へと白い雪の上から飛《と》び上《あ》がってくる赤い蛍。安奈の目の前に飛びかかっている赤い蛍。

だが、安奈は自分に言い聞かす。

――赤い蛍であるはずがない！

これは太郎たちが吸《す》った人の「血《ち》」なのだ。

鬼臣村《きしんむら》の人々は鬼《おに》ではないか？

混乱《こんらん》している意識《いしき》の中で、安奈の心が動《うご》いた。

――私はここにいてはいけない！

どんなに優《やさ》しくされても、どんなに豊かに過《す》ごせても、どんなに自分を誇ることができても、

――私はここに住《す》んではいけない！

そんな思いなど全《まった》く考えられない太郎は、安奈の「赤い蛍」の言葉《ことば》に大きな声で笑《わら》った。

「ハハハ！　安奈、赤い蛍じゃないぞ。これは母さんに頼《たの》まれた大事《だいじ》な物《もの》さ」

「そうなの……」

「おまえの祝《いわ》いのために！　いっぱい、いっぱい！　採《と》ってきたんだ！」

採ってきたという赤い液体《えきたい》がぽとぽと雪の上に落《お》ちていく。

地面《じめん》に沁《し》みこみ、じわっと広がっていく赤い液体をすくって、太郎《たろう》はまた飲《の》んでいる。

「ああ、嬉《うれ》しいことだ！　これを飲むと安奈《あんな》はわしらの仲間《なかま》だ！」

太郎はゲフッと大きなげっぷをした。とたんに、あたりにもやができて、何ともいえない生臭《なまぐさ》いにおいがただよう。

安奈は耐《た》えかねて、眉《まゆ》をよせ両手《りょうて》で鼻《はな》をおさえた。

太郎はあわてて口をつぐむ。

もうすっかりひげをたくわえた若者《わかもの》の端正《たんせい》な顔が、初《はじ》めて出会った時の少年のようにうろたえる。

「おまえ、このにおい、嫌《きら》いだったなあ」

「……」

「ああ、どうもおいしいものは、においがきついものなんだ。安奈だってプリンをいっぱい食べたら、口からいやなにおいが出るだろう」

——なんでプリンよ！　これはプリンじゃない！

怖《こわ》い顔の安奈を見て、

「ああ、ごめん、ごめん」と言って身体《からだ》をかがめ、安奈を真正面《ましょうめん》から見つめた。

そして持《も》っていた革袋《かわぶくろ》を背中《せなか》に背負《せお》う。

ドボンドボン
大きな音がしてまた真《ま》っ赤《か》な液体があたりに飛《と》び散《ち》る。

「おっと、もったいない！」

太郎がうつむいて落《お》ちた液体を手ですくっている。もじゃもじゃの頭に何かがある。

全《まった》く気にしていなかったが、確《たし》かに安奈の親指《おやゆび》ほどのかわいらしい何かが頭のてっぺんについている。

銀色にきらっと光った。

——角！　太郎も鬼《おに》……、屍《しかばね》にむらがっていた鬼の仲間《なかま》？

安奈は太郎に言う。

「太郎……」

「なんだ？」

太郎《たろう》は立ち上がり、再《ふたた》び安奈《あんな》を見下ろす。太郎の顔は日に焼《や》け褐色《かっしょく》で、頬《ほお》は紅《あか》く、大きな目は輝《かがや》いている。生き生きとした元気な若者《わかもの》だ。だが安奈は問《と》う。

「太郎は鬼《おに》か？」

即座《そくざ》に太郎は胸《むね》を張《は》って答えた。

「おれは鬼なんかじゃないぞ！　優秀《ゆうしゅう》な鬼臣《きしん》なんだ！」

「優秀な鬼臣の人たちは……」

安奈は胸《むね》がどきどきして、たずねていいのかどうしようかと迷《まよ》う。

――優秀な鬼臣は鬼ではない。だが頭に角があって口から牙《きば》が出てきて、人の血《ち》を吸《す》って生きているというのか？

黙《だま》ってしまった安奈に、太郎が陽気な声で話す。

「安奈、さあ、急《いそ》ごう。早く家に戻《もど》って祝《いわ》いの席《せき》に座《すわ》ろうぞ！　おまえのために特別《とくべつ》優秀な血《ち》をもらってきたのだ。安奈、そんな顔をするな！　すぐに元気になるからな。急ごう、急ごう」

湯気《ゆげ》を出している皮袋《かわぶくろ》を持《も》ち上《あ》げて、頭をさげた。

「この脱鬼《だき》の血は鬼臣の宝《たから》なんだ」

「脱鬼の血？」

「そうだよ。いつも世話《せわ》をしてくれる脱鬼の血だよ」

まるで当たり前のように太郎が言った。

安奈は確信《かくしん》する。

――この優《やさ》しいたくましい太郎は鬼《おに》なんだ。ああ……、時々いなくなっていたのは脱鬼の血を吸っていたのだ。そして元気になっていた！

太郎は陽気に話しつづけた。

「そうだよ。脱鬼の血を吸って、おれらはいつまでも優秀なまま、生きつづけるのさ。優秀だからこそ戦《たたか》いに勝《か》つ！　負《ま》けた者《もの》は皆《みな》、脱鬼となって、仕《つか》えてくれている。ただそれだけのことだよ」

安奈の身体《からだ》から血の気《け》が引いていく。

――太郎は血を食う鬼！

足の先から頭のてっぺんまで、震《ふる》えがおそう。

――ああ！　ここにいてはいけない。

心の中で悲鳴《ひめい》を上げる。

だが太郎《たろう》を見ると、悲鳴がどこかへ行ってしまうのだ。

笑《わら》う丸い目は三日月のような優《やさ》しい目になっている。ひげをたくわえはじめた初々《ういうい》しい若者《わかもの》。何でも聞いてくれる優《やさ》しい兄さんのよう……。

——だが、太郎は鬼《おに》！

安奈《あんな》は胸《むね》をつきやぶる熱《あつ》いものに押《お》されて、

「あああー、あああああー」

と声を上げた。

太郎は驚《おどろ》いて安奈を見た。突然《とつぜん》の叫《さけ》びの意味《いみ》がわからない。安奈はとうとう言《こと》葉《ば》を声にした。

「太郎！　わたしは帰る！」

太郎はきょとんとする。

一呼吸置《こきゅうお》いて、

「ああ、おれも帰るよ。一緒《いっしょ》に帰ろう」

と言った。

安奈が太郎の声におおいかぶせるように言った。

「太郎の家じゃない！　わたしの家に帰る！」

「え？」

「わたしの家に帰る！」

「人間の家ってことか？」

「そう！　人間の家ってこと！」

その言葉を聞いた太郎は驚きを隠《かく》せない。手が震《ふる》えている。大事《だいじ》そうに持《も》っていた袋《ふくろ》の紐《ひも》を落《お》としてしまった。

ドボドボドボ
地面《じめん》に赤い液体《えきたい》がこぼれ塊《かたまり》をつくった。

「安奈……、おまえ……本気か？」

その目は落《お》ち着《つ》きなく宙《ちゅう》を泳《およ》ぐ。

安奈はしっかりとした口調《くちょう》で言った。

「ここ、面白《おもしろ》かった！　太郎と一緒《いっしょ》で楽しかった！　けど、わたし、自分の家に帰る！」

「ああ、安奈《あんな》、どうしたんだ？　おまえ、ここが気に入ったんだろう。何でも思い通りにおまえならできる！　お前はこれからどんどん技《わざ》を磨《みが》いて素晴《すば》らしい鬼《き》臣《しん》になれる者《もの》なんだぞ！」

太郎《たろう》の一生懸命《いっしょうけんめい》な声が安奈の耳に響《ひび》く。

「わたし、帰ることにした！」

安奈のはっきりとした声に反《はん》して、太郎の声はかぼそくなっていった。

「安奈……、まだまだ面白《おもしろ》いところがあるんだ……、赤い蛍《ほたる》なら、明日《あす》も一緒《いっしょ》に探《さが》してやるから……」

「そうじゃない。そうじゃなくて」

安奈にはうまく話せない。

目の前にいるのは鬼《おに》ではなく、自分と同じ人間、そして自分を大事《だいじ》にしてくれた太郎に思える。だが太郎は脱鬼《だき》の、いや人の血《ち》を吸《す》って生きているのだ。安奈は太郎のように脱鬼の血を吸うことはできない。好《す》きなことをするために、技を磨き力をつけるからといって脱鬼の血を吸うてはいけないのだ。

――太郎、太郎にはどうしてわからないの？

太郎も安奈に必死《ひっし》になって聞いてくる。

「安奈、どうして帰るなんて言うんだ？」

太郎は地面に落《お》ちた革袋《かわぶくろ》を拾《ひろ》い上《あ》げ、無造作《むぞうさ》に中の液体《えきたい》をぐいぐいと飲《の》んだ。口の周《まわ》りから赤いしずくが落ちる。

太郎は静《しず》かな声で言った。

「ああ、おれにはわからん！　こんなにみんなに大事にされてるのに……戻《もど》ってしまうのか？」

安奈は深《ふか》くうなずいた。

その場に座《すわ》りこんだ太郎の顔は鬼の顔になっていた。初《はじ》めて目を開《あ》けた時に見た掛《か》け軸《じく》の赤鬼とそっくりだ。だが、安奈はなぜか恐《おそ》ろしいとは思わなかった。優《やさ》しい声が安奈の耳に聞こえてくるからだ。安奈を見つめるぎょろ目がうるんでいるように見えるからだ。

太郎が言った。

「わかった……。安奈、また来い！　いつだって、客人《きゃくじん》にしてやる。鬼臣にだってなれる。おまえなら大丈夫《だいじょうぶ》。いつでも大丈夫だ」

帰る道は反対《はんたい》の道を行ったらいいと、太郎《たろう》がつぶやいた。

「わかった……、太郎。ありがとう」

安奈《あんな》はくるりと身体《からだ》を回した。

前を向《む》いて歩きだした。

「安奈――、また来いよー」

安奈は振《ふ》りむかないで、右手を高く上げた。振りむいたら太郎に涙《なみだ》を見られてしまう。そういえば、ここでは一度《ど》も涙《なみだ》を出したことがなかったなあと思った。

安奈はまた雪の景色《けしき》を見ながら、まっすぐ歩いた。

ヒュウヒュウヒュウ
ゴゴーゴゴー
ヒュウウウウー
もうずいぶん歩いた。

もう太郎はいないだろうと思って後ろを振《ふ》り返《かえ》る。

はるかに遠くにゴマ粒《つぶ》のような集団《しゅうだん》があった。

もうどんなことになっても、あの中に戻《もど》らないと思う。

遠くにいるというのに、安奈《あんな》の脳裏《のうり》にしっかりと太郎《たろう》たちの様子《ようす》が見える。

安奈に手を振《ふ》っているのはまぎれもなく鬼《おに》たちの群《む》れだ。角があり、牙《きば》がある。

「あの人たちは鬼！」

恐《おそ》ろしさがわっと身体《からだ》をおおうと同時に、鋭《するど》い寒《さむ》さが身体中《からだじゅう》をおおった。


「ああ、寒いー」

安奈は襟《えり》もとを立てた。立てた襟はお気に入りのダウンジャケットのものだ。

足もとはスニーカーをはいていた。

「あ」

と、安奈は叫《さけ》んだ。

「赤い蛍《ほたる》が飛《と》んでる」

ずっと探《さが》していた赤い蛍が飛んでいる。

——わたし……あの虫を追《お》っかけていったんや。

大角山《おおつのやま》の裾野《すその》あたりを赤い蛍がゆるやかに流《なが》れていくのが見える。

——ああ、赤い蛍や……。

安奈の背中《せなか》に暖《あたた》かい風が当たる。

暖かい風に乗《の》って、聞《き》き覚《おぼ》えのある野太い声がした。

「安奈、何してるんや！　風邪《かぜ》ひくぞ。はよ、中に入れ！」

第七章　雪の日

リビングからの風は暖《あたた》かい。

お父さんが窓《まど》を開《あ》けて、大きな声を出していた。

「安奈《あんな》――、風邪《かぜ》ひくぞ。中に入るんだ！」

――あ、お父さんの声や！

胸《むね》の中の重《おも》い塊《かたまり》がわっと溶《と》けていく。喉《のど》がぐっと痛《いた》くなり涙《なみだ》があふれてきた。

――帰ってきたんや……。

「何しとるんや、安奈、はよ、入れ！」

懐《なつ》かしいお父さんの声だ。安奈は両手《りょうて》で頬《ほお》の涙をぬぐい、ついでにポンポンと顔をたたいた。振《ふ》り返《かえ》り、飛《と》び込《こ》むようにしてリビングに駆《か》けこんだ。

「わああー、あったかーい！」

窓をしめると、身体《からだ》をぶるるると震《ふる》わせた。

横《よこ》に、お父さんが呆《あき》れた顔をして立っている。

「おまえ、そんなとこでなにしとう！」

「うう……、ちょっとな」

と、あいまいな言葉《ことば》でごまかした。ついでに、大仰《おおぎょう》に洟《はな》をかむ。

お父さんはおかしな格好《かっこう》をしていた。手拭《てぬぐ》いでほおかぶりをし、右手にスコップ、左手にどろまみれの軍手《ぐんて》を握《にぎ》っている。

「お父さん、なんやの？　その格好」

「ああ、植木《うえき》を倉庫《そうこ》に移《うつ》してたんや」

安奈は、それでお父さんを呼《よ》んでも聞こえなかったんだと思う。

「あの……、お母さんは？」

お父さんが、

「ああ、コンビニに行った」

と言うと、安奈の横《よこ》を通って手洗《てあら》いのほうに歩いていった。

――ええ？　お母さんはコンビニに行っただけ……。たけくんも一緒《いっしょ》やろ、きっと。

ついでにおねえちゃんのことも聞こう。

「おとうさーん。おねえちゃん、どっかへ行ったん？」

「部活《ぶかつ》や言うて出ていったけど、この雪や。すぐ帰ってくるんと違《ちが》うか？」

安奈《あんな》は温《あたた》かい風を身体《からだ》に受《う》けて、ぼおーと立ちつくす。

――家に帰ってきたんや……。

お父さんがこちらにやってきた。ソファーに座《すわ》り、テレビのスイッチを入れる。

それでも、まだ窓《まど》の近くで立っている安奈だ。安奈の思考はフル回転《かいてん》。

――ああ、よかった！　そうなんや、そうやったんや……。わたしってほんま、
あほやなあ。てっきり置《お》いてきぼりや、思ってしもて……。

だが、窓の外にはまだ赤い点点が執拗《しつよう》に動《うご》いている。何もかも、あの奇妙《きみょう》な赤
いものから始まったのだ。

安奈は大きな声でお父さんを呼《よ》んだ。

「お父さん！　ちょっと来て！」

「なんや？」

顔をテレビに向けながら、返事《へんじ》をし、立ち上がった。

「あれ、なんやの？」

近づいてきたお父さんはひげもそって、いい顔をしている。

「なあ、あれ、さっきからずっと、動《うご》いてるんや。なんか赤い蛍《ほたる》みたい……あれ、何なんや？」

ニュースを話すアナウンサーの声だけが聞こえて、お父さんの声はしない。

「なあ、お父さん！」

と、安奈は答えないお父さんに催促《さいそく》をする。

お父さんは安奈の言う事《こと》を聞いていないのでも、答えられないのでもなかった。

ただ、おかしくて笑《わら》いをこらえていたのだった。

「安奈、おまえなあ、歳《とし》、なんぼになった？」

「……」

——何を言ってるん？　お父さん。こんなに真剣《しんけん》に聞いてるのに？

「十才やけど？」

「四つの時から、安奈の思考経路《けいろ》は変《か》わってないんやなあ」

「なんのことや？」

「あの時も赤い蛍《ほたる》、赤い蛍いうて、えらいこっちゃった！」

安奈《あんな》ははっとした。

――お父さんは赤い蛍のことを知っているんだ！

その時、突然《とつぜん》、陽気な声が入ってきた。

「そうやったなあ。あれって、お父さんが外国から帰ってきた日やったわ」

お母さんだ。

お母さんがコンビニから帰ってきたのだ。買《か》い物《もの》バッグから、牛乳《ぎゅうにゅう》や卵《たまご》や野菜《やさい》などをテーブルの上に並《なら》べている。

そのままにして、お母さんも窓《まど》のところにやってきた。

武史《たけし》はリビングに座《すわ》って、何かを組み立てている。

お母さんが安奈とお父さんの間にわりこんできて、外を見た。とたんに弾《はず》んだ声を出す。

「ほんまや。あの時の赤い蛍や！」

「お母さんもわかってるん？」

「当たり前や！　武史でも知ってるわ」

と、お母さん。

安奈は首をひねる。

安奈には赤い蛍としか思えない。

お父さんが窓を開《あ》けた。

「音が聞こえるやろ。あれ、車の音や」

ミルク色の中に赤い灯《あかり》が消《き》えたりついたりしてゆっくり動《うご》きだした。

「あのあたりは高速道路《こうそくどうろ》が走ってるんや。あれは車のテールランプなんや」

「え！　そうなん！」

——あれって、高速道路の、車たちの、テールランプ！

安奈が、初《はじ》めて赤い蛍以外《いがい》のものを脳裏《のうり》に思《おも》い浮《う》かべた瞬間《しゅんかん》だった。

わっと、肩《かた》にかかっていた荷物《にもつ》がとりはらわれる。身体《からだ》がふわっと軽《かる》くなっていく。

お母さんは窓をしめながら、ケラケラ笑《わら》いつづけた。

笑っているお母さんは何かをまだ隠《かく》しているようだ。

「なんなんよ、お母さん!」

「あんたはちっとも成長《せいちょう》してへんなあ。ほれ、お父さん! この子、あの時もそうやった。あのテールランプで大騒《おおさわ》ぎしたやん」

「おれも思い出してたとこや」

お父さんが安奈《あんな》に言う。

「お父さん、外国から戻《もど》ってきた時や。おまえ、赤い蛍《ほたる》や赤い蛍や言うて、大騒ぎしてなあ……」

「そうなん?」ととぼけた安奈だったが、ふたりの話から、いつもかすみがかかっていた一場面《ばめん》が鮮明《せんめい》に思い出されてきた。

「赤い蛍や!」

と、確《たし》かに安奈は助手席《じょしゅせき》のチャイルドシートの中で叫《さけ》んでいた。

「赤い蛍が飛《と》んでる。赤い蛍、赤い蛍……」

その時の車の渋滞《じゅうたい》はひどくて、一時間以上も止まっていた。

安奈があんまり真剣《しんけん》に言うものだから、お父さんが、「赤い蛍の正体を見せてやるぞ」と言って外に連《つ》れ出《だ》した。

お父さんは自分の分厚《ぶあつ》いコートを安奈の頭からすっぽりかぶせて、抱《だ》き上《あ》げ、「赤い蛍、見えるか、見えるか」なんて言って身体《からだ》をゆする。安奈は面白《おもしろ》くてきゃきゃきゃきゃきゃ笑《わら》った。その時も今と同じように、安奈に言ったのだという。

「あのなあ、安奈。あれは車の後ろについているテールランプなんや。『ここに車がいますよ』という合図をしてる。ほら、雪が降《ふ》ったり霧《きり》が深《ふか》くなるとわからなくなるだろう。それに、後ろから車に追突《ついとつ》されたら困《こま》るから、ブレーキをかけた時に後ろの人にわかるようにしてるんや……」

お父さんがソファーに戻《もど》り、安奈とお母さんがキッチンへ移動《いどう》した。

外はいつの間にか雪も止み、明るい日の光が差《さ》している。もう赤い蛍は太陽に飲《の》み込《こ》まれてあとかたもない。

お母さんはテーブルの上のものを冷蔵庫《れいぞうこ》や棚《たな》にしまいながら、弾《はず》んだ声で話しだした。

「お父さん！　あの帰りの豚《ぶた》まんのこと、覚《おぼ》えてる？」

お父さんがリビングからキッチンにやってきて、テーブルの前に座《すわ》った。

それからお母さんが嬉《うれ》しそうに話してくれたのだ。

空港《くうこう》からの帰り、思いのほか時間がかかったのでお腹《なか》がすいてしまった。コンビニで豚《ぶた》まんを買ったのだ。安奈《あんな》はプリンがほしいといったが売り切れだった。またまた「プリン、プリン」と駄々《だだ》をこねる。お父さんもお母さんもおねえちゃんも安奈にかまってられないほどにお腹がすいていた。おいしそうに食べていると、安奈も泣《な》くのをやめてうらめしそうに見ている。そして安奈も食べた。みんなと同じように二個《こ》も！

いつのまにかおねえちゃんも帰ってきていた。やっぱり部活《ぶかつ》が中止になったのだ。おねえちゃんが、

「豚まん、おいしかったん、わたしも覚《おぼ》えてる！」

「いやがってた安奈が、でっかいのをふたつも食べたんやでえ！」

と、お母さん。

そばによってきた武史《たけし》がつまらなさそうに顔をあちこちと動《うご》かして、

「なんのこと?」

と聞いてきた。

お父さんが、

「武史の生まれていない頃《ころ》の話や」

「ぼく、豚まん大好《だいす》きやで！」

と言って、仲間《なかま》に入ろうとする。

安奈は身体《からだ》だけでなく、心もうわっと温《あたた》かくなっていった。

お母さんが言った。

「モールで久しぶりに豚まん買って食べようか！」

「さんせーい！」

おねえちゃんが上機嫌《じょうきげん》で言う。

昼から、安奈たちは予定《よてい》通りハッピーモールへ行った。そして久しぶりに大きな豚まんを買った。


帰り、安奈たちは車を止めている屋上まで上がった。

そこからだと、いつも見ている大角山《おおつのやま》がグンと近くに見える。

山の頂上《ちょうじょう》にしっかり雪が積《つ》もっていた。

山から、

「おーい！」

誰《だれ》かが呼《よ》んでいるようで、安奈《あんな》は一瞬《いっしゅん》立ち止まる。

車の助手席《じょしゅせき》からお母さんが呼んでいる。

「安奈、何してるん！　はよ、乗《の》りなさい」

「はーい」

安奈はとびきり威勢《いせい》のよい返事《へんじ》をすると、車のほうに駆《か》け出《だ》した。

完

畑中弘子（はたなか ひろこ）

神戸市在住。日本児童文芸家協会会員。世界鬼学会会員。「プロミネンス」「プレアデス」会員。

主な著書に『鬼の助』『おによろし』『おにしずく』『おにごころ』（てらいんく）、『わらいっ子』（講談社）、『ワルルルさん』（くもん出版）、『地震がおきたら』（BL 出版）などがある。

HP『ピッポ・ポおはなし村』（http://www7b.biglobe.ne.jp/~h-hiro/）

星野杏子（ほしの きょうこ）

兵庫県神戸市生まれのイラストレーター・漫画家。

画家である祖父の影響で幼少期から絵を身近に育ち、現在は別名義で制作活動を行っている。作風はアナログからデジタルまで幅広く、新しい物を積極的に取り入れていくスタイルです。猫をこよなく愛する愛猫家。

鬼日和《おにびより》

発行日	2025年2月3日　初版第一刷発行
著　者	畑中弘子
装挿画	星野杏子
発行者	佐相美佐枝
発行所	株式会社てらいんく
	〒215-0007　神奈川県川崎市麻生区向原 3-14-7
	TEL　044-953-1828　　FAX　044-959-1803
	http://www.terrainc.co.jp/
印刷所	モリモト印刷株式会社

ISBN978-4-86261-191-8　C8093